SCHWARZBRAUN IST DIE HASELNUß

Georg Lalyko

SCHWARZBRAUN IST DIE HASELNUß

Pastor Ernst Stracke

in dankbarer Erinnerung

Kurzgeschichten

Gebräuchliche Abkürzungen der 40er Jahre

NSDAP = Nationalsozialistische Deutsche Arbeiter-
partei

DP = displaced person = KZ-Häftlinge, vorwie-
gend Juden, die sich in Lagern auf ihre
Auswanderung vorbereiteten.

MG = Maschinengewehr

PG = Parteigenosse

PW = prisoner of war = Kriegsgefangener

HKL = Hauptkampflinie, vorderste Front

KP = Kompanie, militärische Einheit

VHS = Volkshochschule

Chako = harte Kopfbedeckung der Polizei, ähnlich
einer Pickelhaube

BDM = Bund deutscher Mädchen

2002 Georg Lalyko
All rights reserved.
Herstellung: Books on Demand GmbH, Norderstedt
ISBN 3-8311-4731-0

Inhalt

Vorwort

Die ersten Jahre nach 1945 waren für uns Deutsche nur sehr schwer zu bewältigen. Die Städte boten ein Bild wie nach einem schweren Erdbeben. Neben Hunger und Kälte stand die geistige Ratlosigkeit in den Gesichtern der Menschen geschrieben. Viele versuchten sich mit ihrem Irrglauben an Hitler auseinander zu setzen und sich umzuorientieren. Vielen aber gelang das nicht. Sie konnten zwar über Nacht ihr braunes Hemd schwarz einfärben, aber nicht schlagartig ihre Überzeugung ändern. Die Alliierten führten eine Entnazifizierungsaktion auf breiter Basis durch, aber sie war keine Hirnwäsche. Auch wir Jugendlichen waren noch Mini-Nazis, aber im Gegensatz zu vielen

Erwachsenen überwog bei uns die Fähigkeit, sich der veränderten Lage zu stellen.

Als das Leben sich langsam normalisierte, suchten wir nach neuen Vorbildern. Solche waren aus unserer Sicht unter den Erwachsenen nur schwer zu finden. Die dachten fast nur noch materiell. So blieb manches Negative von den Nazi-Idolen in uns stecken.

Dennoch passte der bekannte Satz: „In der Mitte der Nacht beginnt der neue Tag."------

Der Autor

Der Rückblick

Salzgitter ist eine relativ junge Stadt. Sie besteht aus vielen Ortsteilen, die in den 40er Jahren noch freiliegende Dörfer waren. Einige, wie Salder, Engelnstedt und Lichtenberg sind zwischenzeitlich mit Lebenstedt zusammengewachsen. Bei einem Bummel durch den größten Ortsteil, Lebenstedt, bleibe ich vor einem Gebäude stehen und schaue auf den bemalten Giebel. Da fliegen große Vögel in Formation. Und mir fällt Schillers Gedicht ein: „Sieh da, sieh da, Timotheus, die Kraniche des Ibykus...“

Mein Gott, meine alte Schule. Wie lange ist das her? Über sechzig Jahre.

Erinnerungen werden wach. Auf diesem Grundstück ging ich zur Volksschule und später zur Oberschule, so hießen die Schulen damals.

Mit einem Gedankensprung bin ich bei meinen Lehrern. Erst jetzt geht mir auf, was man der damaligen Lehrergeneration alles abverlangt hat.

Im Dritten Reich unter totalitären Verhältnissen ausgebildet, zum Kadavergehorsam angehalten, auf die Losungen der NSDAP eingeschworen, sollten diese Lehrer bis Mai 1945 den Glauben an den Endsieg verbreiten. Ab Mai 1945 sollten sie dann übergangslos uns zu Demokraten erziehen. Derweil wussten die wenigsten von ihnen, was Demokratie bedeutet. Die Lehrkräfte mussten wie alle Erwachsenen auf einmal das schablonenhafte Freund-Feind-Denken, Schwarz-Weiß-Malen und Entweder-Oder ablegen.

Viele Lehrer mussten sich bei jedem dritten Satz fragen: Was ist nazianrüchig, was ist politisch unbelastet, was ist diktatorisch, was ist demokratisch?

Lehrkräfte für naturwissenschaftliche Fächer konnten mit ihrem eindeutigen, unpolitischen Lehrstoff recht geschickt heiklen Fragen ausweichen. Aber Deutsch- und Geschichtslehrer, Religionslehrer, Erdkundelehrer mussten den Schülern plausible Antworten zur Vergangenheitsbewältigung geben. Ich habe ihnen vieles zu verdanken. Mein erstes Demokratieverständnis stammt von ihnen. Worte wie Toleranz und Kompromissbereitschaft hörte man damals noch selten, aber dann zunehmend häufiger. Einige Deutschlehrer bedienten sich der Klassiker, um uns demokratische Begriffe näher zu bringen.

Schillers Dramen und Gedichte erschienen ihnen besonders geeignet. Aber gleichgültig, welches Fach die einzelnen Lehrer auch unterrichteten, die meisten von ihnen haben mitgeholfen, die überzogenen Autoritätsstrukturen in den Schulen abzubauen. Die übertriebene Strenge ließ allmählich nach. Aber auch noch bis Mitte der 50er-Jahre wurden Schüler körperlich gezüchtigt.

In dieser Schule dort habe ich schreiben gelernt. Mein Gott, was haben die Lehrer uns damals die Rechtschreibung eingeprügelt. Wieviel Haue haben wir für Rechtschreibfehler im Diktat bezogen. Rechtschreibfanatismus und Regelwut der Lehrer haben uns Schülern viel Tränen und Kummer eingebracht.

Im Weitergehen über den Schulhof fällt mir ein, dass von allen in unserer Klasse ich die meisten Hiebe abbekommen habe. Wieso? Ich wurde im Ausland geboren und lernte ein Jahr lang die alte deutsche Schrift. In Deutschland hatte man zum gleichen Zeitpunkt die Schreibweise auf die lateinischen Buchstaben umgestellt. Noch bei der Einreise war ich stolz, alle Aufschriften lesen zu können, aber am ersten Schultag brach mein Selbstbewusstsein zusammen. Ich verzweifelte; brachte alles durcheinander langes S, rundes S, ß, scharfes S, Doppel-S. Ich habe damals auch nicht begreifen können, warum man Stock nicht Sch schreibt, wie SCHTOCK. Für mich ist dieses Wort noch heute ein Trauma, es ist ein Angst erregendes Wort. Es erinnert mich sofort an Rohrstock. In diesem Zusammenhang taucht bei mir im Kopf ein Alptraum auf. Ein Lehrer namens Gode. Er wurde für viele Schüler ein Peiniger, und keiner seiner Schüler wird ihm eine Träne nachweinen, aber mancher würde ihm gerne einen Rohrstock aufs Grab pflanzen.

Er war ein echter A.-Pauker*

Das Vogel „F"

Es ist November 1941. Ich bin 7 Jahre alt. Wir sind aus dem Baltikum ins Altreich umgesiedelt und haben unsere erste Wohnung in Deutschland zugewiesen bekommen. Mein Vater hat eine Anstellung in den Hermann-Göring-Werken gefunden und wir wohnen in einem Neubaugebiet, das weiträumig an die „Werke" grenzt. Das Neubaugebiet ist in Bauabschnitte eingeteilt. Sie sind in der Reihenfolge ihrer Fertigstellung beziffert. Wir wohnen in einer 3-Zimmerwohnung im Abschnitt IV, der noch nicht ganz fertig gestellt ist. Der Baustil ist anspruchslos. Ein ganz langes, einstöckiges Haus mit vielen Eingängen, eines links und eines rechts der Straße. Sie schauen aus wie Kasernenbauten. Obwohl es verboten ist, spielen wir Kinder sehr gerne auf den Baustellen. Man kann sich so herrlich in den halb fertigen Räumen verstecken.

Baustil der 30er und 40er Jahre in Salzgitter

Heute ist ein kalter, regnerischer Morgen, aber für mich ist es ein besonders spannender Tag. Ich habe heute als Zweitklässler erstmals schon um 8 Uhr Schulbeginn. Das ist verflixt früh. Da darf man nicht verschlafen. Ich musste deshalb heute schon um 6 Uhr geweckt werden. Ich habe mir schon gestern Abend meine Schulsachen bereitgelegt. Jetzt bin ich mit Waschen und Anziehen fertig, habe eine Tasse Milch getrunken und starre ungeduldig auf die Taschenuhr meines Vaters; eine andere Uhr besitzen wir nicht. Es ist 7 Uhr. Ich frage meine Mutter, wann ich losgehen muss. Sie sagt: „Du weißt doch, der Schulweg dauert eine halbe Stunde, wenn der große Zeiger hier auf der 3 steht, gehst du los.“

Ich sage: „Aber bei einer halben Stunde muss er doch auf der 6 stehen, oder?“

Mutter antwortet: „Junge, du musst doch etwas früher da sein, merk es dir: 5 Minuten vor der Zeit, ist des Soldaten Pünktlichkeit.“

Ich denke, sie hat Recht, ich will ja Soldat werden.

Ich halte die Taschenuhr in meinen Händen und schaue auf den großen Zeiger, der bewegt sich fast nicht, er steht auf der 2, er muss aber auf die 3, dann kann ich vor die Tür, um auf die Nachbarsjungen zu warten, wir gehen gemeinsam -- wir sind Freunde und sind auch in einer Klasse. Diese blöde Uhr, sie zeigt immer noch nicht ganz auf die 3. Ob sie überhaupt geht? Ich drücke vor Ungeduld auf das Uhrglas, wie stark mag es sein? Und da zerbricht das Glas. Ich erschrecke, ahne, was der Vater sagen wird, lege das Ührchen wie eine heiße Kartoffel auf den Tisch und schleiche mich aus dem Haus. Heute Abend krieg ich bestimmt eine „Abreibung“, wie es der Vater sagt, er meint Popohaue. Das ist - Scheiße - Scheiße (das sagt man nicht).

Ich trete vor die Haustür, draußen ist es noch nicht hell - toll - im Dunkeln zur Schule   - toll - super - vergessen ist die Uhr.

Die Nachbarskinder rücken an, und wir schultern unsere Schulranzen und marschieren los. Die Ranzen sind aus Stoff und Pappe -- Leder ist knapp -- sie sind recht schwer. Wir haben Lesebuch, Bleistifte, Griffel und die Schiefertafel dabei, obwohl wir keine Schiefertafel mehr brauchen, wir schreiben schon mit Federhalter und Tinte. Am Ranzen baumelt ein Schwämmchen zum Abwischen der blöden Tafel - nur Erstklässler schreiben auf Schiefertafeln. Aber der Lehrer sagt: "Im Krieg ist das Papier sehr knapp, Schulhefte sind nur über mich zu beziehen, verstanden?"

Wir gehen im Schlenderschritt nebeneinanderher, am Lager 18 und am Lager 34 vorbei. Das sind Barackenlager der Bauarbeiter, sie sollen eine ganze Stadt bauen. Alle Bauabschnitte zusammen sollen die Hermann-Göring-Stadt, heutiges Salzgittergebiet, mit Stadtteil Lebenstedt ergeben. Meine Mutter hat mir erklärt, dass der „dicke Hermann" in seiner Operettenuniform von Hitler zum Reichsmarschall befördert wurde. Verstehe ich nicht, er ist doch bei der Luftwaffe und mit dem Pour le Mérite ausgezeichnet, und ihm soll diese Stadt gehören? Warum eigentlich Reichsmarschall und nicht Luftmarschall, wie Feldmarschall? - Na ja -.

Unsere Volksschule ist ebenfalls in einem Barackenviereck untergebracht - vier Baracken - vier Klassenzimmer, für jeden Schuljahrgang eines. Vor Unterrichtsbeginn und nach jeder Pause haben wir uns draußen in Zweierreihe aufzustellen. Auf das zweite Glockenzeichen dürfen wir in das Klassenzimmer einrücken. Heute ist das besonders spannend, weil es noch dunkel ist und der Hausmeister und die Lehrer mit Taschenlampen leuchten. So eine wünsche ich mir auch; zu Weihnachten eine Taschenlampe, das wäre toll. Wir nehmen in den Schulbänken genau nach der Sitzordnung Platz;

vorne auf dem Katheder liegt der Sitzplan und der muss genau stimmen. Wer falsch sitzt, kriegt es mit dem Rohrstock. Von uns Schülern ist täglich wechselnd ein Klassendienst eingeteilt. Dieser hält vor Beginn der Stunde draußen vor der Klassenzimmertür Wache und meldet das Auftauchen des Lehrers. „Er kommt", schreit der Klassendienst aufgeregt und rennt, so schnell er kann, auf seinen Platz. Alle Schüler stehen mit den Händen an der Hose in strammer, aufrechter Haltung bewegungslos in den Schulbänken. Es herrscht absolute Stille. Mit betontem Schritt betritt Lehrer Gode das Klassenzimmer, keiner wagt es, sich zu bewegen. Er ist groß, schlank, er trägt einen grauen Anzug, am Revers blinkt das Parteiabzeichen der NSDAP. Sein Blick ist erbarmungslos streng. Wir haben alle Angst vor ihm, denn in der Hand hält er einen Rohrstock, den er genüsslich gegen sein Bein schlägt; er geht durch den Gang zum Katheder, dreht sich blitzschnell um und brüllt „Setzen!" Exakt auf dieses Kommando setzen wir uns nieder und klappen die geteilten Schulbankplatten herunter (um besser von der Schulbank aufstehen zu können, war die Schreibplatte zur Hälfte aufklappbar). Wer danach noch herunterklappt, muss vorkommen und kriegt von Gode eins mit dem Rohrstock über das Gesäß. Er sagt schneidend: „Heute machen wir Deutsch, zuerst Diktatverbesserung, klar!" Er unterrichtet uns auch im Rechnen. „Ich habe euch nur vier einfache Sätze diktiert und jeder, aber auch jeder hat einen oder mehrere Fehler gemacht. Ich muss mich ja schämen, eine solche

Klasse unterrichtet zu haben. Ihr habt nichts gelernt! Aber ich bringe es euch schon bei."

„Wer den Satzanfang klein geschrieben hat, kriegt zwei Hiebe, wer das Wort Vogel mit „F" geschrieben hat, kriegt vier Hiebe. Also, sofort freiwillig vortreten zur Bestrafung, und wehe, es drückt sich einer!"

Langsam, zaghaft kommen aus den Bankreihen die Sünder nach vorne.

„Na, wird's bald", schreit er. „Die mit dem kleinen Buchstaben zuerst aufstellen, los!"

Es sind fünf Buben, und er schnappt sie sich der Reihe nach und haut mit dem Rohrstock jedem zwei Hiebe aufs Gesäß so heftig, dass der Rohrstock durch die Luft pfeift. Heulend rennen die Bestraften zu ihren Bänken. Und dann sind wir fünf dran mit unserem „F" beim Wort „Vogel". Er holt sich seinen Stuhl hinter seinem Katheder vor, setzt sich, und der erste wird auf sein Knie gelegt, dann drischt er los und schreit: „Wie schreibt man Vogel?" „Vogel schreibt man mit V." „Wie schreibt man Vogel?" „Mit V". Jeder Hieb ist so heftig, dass mein armer Vordermann laut aufschreit. Dann bin ich an der Reihe. Er grinst „Natürlich unser Volksdeutscher, na warte!" Und schon liege ich auf seinen Knien, und er haut zu, und ich fühle das heftige Brennen, mir bleibt fast die Luft weg, aber ich will nicht schreien, nein, ich will durchhalten. Ein Indianer kennt keinen Schmerz. Erst als er mich von seinen Knien schubst, entringt sich mir ein verstümmelter Laut. Ich schleiche zu meinem Platz und die Tränen muss ich mir von den

Wangen wischen, damit sie mein Banknachbar nicht sieht.

Gode aber wütet vorne weiter: „Wie schreibt man Vogel?“

Als der Letzte durchgehauen ist, schaut er auf seinen Rohrstock, der von der Spitze fast bis zur Hälfte ausgefranst ist. Gode grinst wollüstig und brüllt:

„Na, dieser Stock zieht nicht mehr richtig, morgen bringe ich für euch Lausebengels einen schönen neuen mit!“

Irgendwie bin ich innerlich geschockt. Von der Stunde in Deutsch kriege ich nichts mit. Ich gehe hinter meinem Vordermann in Deckung, ich tauche förmlich unter, ich melde mich auch nicht. Erst auf dem Heimweg beginne ich wieder zu sprechen.

Mittags, zu Hause angekommen, erwartet mich schon Mutter an der Haustür. Sie hält Vaters Taschenuhr in der einen, den Teppichklopfer in der anderen Hand, und dann haut sie zu. Ich aber laufe weg, und sie ruft noch hinter mir her „Du nichtsnutziger Bengel du, die schöne Taschenuhr!“

Nun suche ich Unterschlupf bei meinem Schulfreund im Nebenhaus. Wir machen zusammen unsere Hausaufgaben. Kaum sind wir fertig, habe ich eine Idee und frage meinen Freund, den Hans: „Wollen wir uns dort an dem Busch schöne Haselnußstöcke abschneiden - vielleicht denke ich unbewusst an den Rohrstock. Er ist gleich Feuer und Flamme, weil er sein neues Taschenmesser ausprobieren will. Sehr schnell haben wir uns meterlange Ruten abgeschnitten. Wieder in der

Wohnung, denken wir uns ein Spiel aus. Hans hat einen Teddybären, der ist der Schüler und wir die Lehrer. Wir prügeln und dreschen auf den Teddy ein und schreien: „Wie wird Vogel geschrieben?" „Mit V, verstanden, nicht mit F, mit V, wie Vogel!" Wir schlagen auf das Stofftier noch kräftiger ein, bis der Bezug aufplatzt und die Holzwolle aus dem geschundenen Teddy herausquillt. „Verstanden Vogel mit V!"

Die braune Barmherzigkeit

1942 wurde viel geprügelt. Prügel diente der Disziplinierung. Und Disziplin war im öffentlichen Leben die erste Bürgerpflicht.

Ein schreckliches Erlebnis kann ich nicht vergessen: Wenn ich mit Klaus und meinen Freunden nach Schulschluss heimwärts laufe, holen wir öfters eine Gruppe sowjetischer Kriegsgefangener ein, die sich unter Bewachung müde in ihre Unterkunft schleppt. Die Kriegsgefangenen sind gegenüber vom Bauabschnitt IV in einem Holzschuppen auf freiem Feld untergebracht.

Wir rennen dann übermütig an den armseligen Gestalten vorbei und rufen:

„Iwan dawai, Iwan dawai." Schließlich ist das in unseren Augen der personifizierte Feind, den wir Deutschen gefangen genommen haben.

Heute ist ein kalter Dezembertag. Die Lehrerin sagt so geschwollen:

„Das Fest der Liebe steht vor der Tür," sie meint Weihnachten. Egal, Hauptsache ist, dass es Ferien gibt.

Wir holen die Kriegsgefangenen bereits in Alt-Lebenstedt ein. Sie laufen besonders langsam, weil vor ihnen ein mit Zuckerrüben schwer beladener Pferdewagen fährt. Auch wir können nicht überholen und halten respektvollen Abstand zum deutschen Feldgendarmen, der hinter den Kriegsgefangenen geht. Er trägt ein sehr langes, französisches Beutegewehr und an seiner Hüfte hängt ein überlanges Bajonett.

Da sehen wir, wie von dem vorausfahrenden Wagen durch das Rütteln eine Zuckerrübe herunterfällt. Gierig verfolgen die Kriegsgefangenen die Zuckerrübe, wie sie langsam in den Graben rollt.

Man fühlt es, jeder von ihnen möchte sie holen, aber keiner wagt, stehen zu bleiben. Da schert der letzte von Ihnen aus, holt sich die Rübe aus dem Graben und beißt hinein. Dadurch verliert er einige Meter Anschluss zur Gruppe. Der deutsche Bewacher reagiert sofort. Als der Iwan mit seiner aufgelesenen Zuckerrübe an ihm vorbei zur Gruppe hastet, zieht er das lange Bajonett und schreit:

„Du verfluchter Hund!" und haut mit der stumpfen Seite auf den Kriegsgefangenen ein. Dabei kommt er richtig in Rage.

Der Iwan schreit auf, bückt sich, der Posten schlägt zu, der Iwan lässt die Rübe fallen.

Der Posten schreit:

„Du Sowjetschwein, dir gewöhne ich ab, sich am deutschen Eigentum zu vergreifen."

Dabei schlägt er mit dem Bajonett nicht mehr auf den Rücken, sondern auf Schulter und Kopf.

Wir Jungs stehen wie versteinert da, ich kriege Angst, der schlägt womöglich auch uns, er ist sehr wütend und gemein. Für mich ist das ein schrecklicher Anblick. Mir tut der Iwan sehr leid, dieser Feind, dieser arme Hund.

Ich hebe unbewusst die Rübe auf, vielleicht kann ich sie ihm geben?

Aber der Iwan wimmert und bricht blutüberströmt zusammen. Der Posten tritt ihn nochmal mit dem Stiefel, der Iwan kommt nicht mehr hoch. Der Posten brüllt: „Stoi!" Die Gruppe hält.

Ein anderer Kriegsgefangener, der eine Schubkarre mit Hacken und Spaten zieht, verteilt das Gerät unter die anderen, dann hebt er den blutenden, ohnmächtigen Iwan hoch, legt ihn auf die Schubkarre und die armselige Gruppe zieht weiter. Kopf und Beine des Verletzten baumeln dabei über den Karrenrand und sie hinterlassen eine Blutspur auf der Straße.

Schweigend laufen wir der Blutspur hinterher, keiner sagt ein Wort, keiner will die Gruppe wie sonst überholen. Wir sind froh, als wir im Abschnitt IV nach rechts abbiegen können.

Zu Hause angekommen, ruft mich die Mutter gleich zum Mittagessen. Ich mag nicht, meine

Kehle ist wie zugeschnürt, ich sehe den blutenden Kopf des Iwan, mir ist schlecht.

Mutter merkt sofort, dass ich etwas in der Schule erlebt habe, was bei mir den Hunger verdrängt hat. Sie fragt und will es wissen. Ich schweige, sie lässt nicht locker und bohrt mit Fragen.

Dann endlich kann ich nicht mehr dichthalten und erzähle den Hergang und beginne sofort zu fragen.

„Warum hat der Posten den Iwan wegen der Rübe geschlagen, die Rübe wäre doch sowieso im Straßengraben liegen geblieben?

Warum hatte der Iwan so einen Hunger, dass er die Rübe aufgehoben hat?

Warum hat der Posten den Iwan auf den Kopf, nicht auf den Po geschlagen?

Werden unsere Soldaten, wenn sie in Russland in Kriegsgefangenschaft geraten, auch so gemein geprügelt?

Werden wir, wenn wir erwachsen sind, auch so prügeln müssen? Das kann ich nicht, das bringe ich nicht fertig.“

Als mein Redeschwall abebbt, fragt meine Mutter, dabei macht sie ein sehr ernstes, empörtes Gesicht:

„Wer hat das alles von euch Kindern mitangesehen? Alle vier aus unserer Nachbarschaft?“

„Ja“.

„Junge, das ist ein sehr grausames Vorgehen, so geht das nicht, das ist verboten. Was der Wachmann da getan hat, kann uns noch alle treffen, wenn wir Hunger haben. So etwas darf nicht geschehen, ich gehe mal zu den Nachbarn."

Und schon ist sie aus der Tür.

Es vergeht eine halbe Stunde, bis sie ins Zimmer stürzt und ruft:

„Auf geht's, komm mit, wir gehen zum Kreisleiter der Partei."

Ich kann mir kaum meine Jacke anziehen und schon zieht sie mich an der Hand die Straße entlang und um zwei Ecken. Am Zug ihrer Hand merke ich, wie empört sie ist.

Wir betreten das Büro des Kreisleiters und sie sagt zur Sekretärin:

„Der Kreisleiter ist doch da drin" und, ohne eine Antwort abzuwarten, geht sie auf eine halb geöffnete Tür zu und zieht mich hinterher.

Am Schreibtisch steht ein kleiner, drahtiger Mann in brauner SA-Uniform mit Schulterriemen und braunen Reitstiefeln. Er sieht aus wie ein Goldfasan, er streckt sich bewusst und fragt: „Bitte, was wünschen Sie?"

Meine Mutter poltert los:

„Der Einsatz der sowjetischen Kriegsgefangenen vor unseren Augen ist unerträglich, das muss hier in der Heimat vor den Augen unserer Kinder unterbleiben. Da hat sich heute etwas sehr Grausames zugetragen, Junge erzähl mal, was ihr heute mitangesehen habt."

Und ich berichte, wie der Wachposten den Iwan wegen der Rübe fast erschlagen hat. Als ich die Blutspuren auf der Straße erwähne, unterbricht der Kreisleiter mich unwillig:

„Ich bin dafür nicht zuständig, das ist Sache des Ortskommandanten!"

Meine Mutter sagt:

„Doch, sie sind dafür zuständig, weil sie und die Partei für alles zuständig sind."

Der Kreisleiter: „Gute Frau, nun machen sie aus solch einem Vorkommnis doch kein Drama!"

Mutter: „Kein Drama sagen sie. Sollen unsere Kinder schon im Schulalter lernen, wie man Menschen blutig schlägt? Diese Grausamkeiten gehören nicht hierher. Das mag an der Front anders sein, aber hier in der Heimat dulden wir betroffenen Mütter das nicht!"

Der Kreisleiter, er grinst: „Wer sind denn diese betroffenen Mütter außer ihnen?"

Mutter: „Hier ist eine Liste meiner Nachbarinnen, aber es sind noch mehr."

Der Kreisleiter nimmt den Zettel und sagt verharmlosend: „Na ja, so etwas kann schon mal vorkommen, das ist ein Einzelfall."

Mutter: „Auch ein Einzelfall darf nicht sein. Es verstößt gegen die Genfer Konvention, Gefangene dürfen nicht geschlagen werden."

Kreisleiter: „Was Sie nicht alles wissen, aber Sie sollten auch bedenken, dass sich bei der heutigen Kriegsführung kaum einer daran hält, am wenigsten die Sowjets."

Mutter: „Sagen Sie mal, wollen Sie, dass es unseren Soldaten ebenso geht, wenn sie in Kriegsgefangenschaft geraten? Dass sie für eine Rübe erschlagen werden? Wollen Sie das?

Mein Bruder ist in Stalingrad eingekesselt, wenn dieser Kessel von den Sowjets erobert wird, was glauben sie, wie die mit unseren Männern umgehen, wenn sie hier vor den Augen unserer Kinder so etwas veranstalten?"

„Es reicht", schreit der Kreisleiter „Sie reden sich um Kopf und Kragen" und haut auf den Tisch.

In diesem Augenblick wird die Türe aufgerissen. Eine große, blonde Frau mit meinem Schulfreund Klaus stürzt ins Zimmer und ruft:

„Heinrich, ich habe das alles nebenan mitgehört. Dein Sohn Klaus hat das auch mitansehen müssen. Und das sage ich dir -- sie wird drohend und scharf -- wenn du das nicht sofort abstellen lässt, fahre ich mit meinem Kind schon morgen zu meinen Eltern in den Harz und bleibe über Weihnachten und du kannst schauen, wo du bleibst."

Im Raum herrscht Stille.

Der Kreisleiter in seiner schönen Uniform wirkt klein und hilflos. Meine Mutter verlässt mit mir grußlos das Büro. Draußen fragt sie: „Hast du gewusst, dass der Vater von Klaus unser Kreisleiter ist?"

Am nächsten Tag können Klaus und ich beobachten, wie die sowjetischen Kriegsgefangenen ihre Notunterkunft auf dem Felde abreißen. Sie werden verlegt.

Ich denke: Ob es ihnen am neuen Ort besser geht?

Der Schinkenoffizier

Die strapaziöse Flucht aus Sachsen 1945 liegt hinter uns. Wir passieren das bekannte Durchgangslager Friedland und kehren nach Salzgitter zurück. In einem Nebengebäude eines Gutshofes werden uns zwei Kammern zugewiesen, in denen zuvor kriegsgefangene Franzosen, die als Landarbeiter eingesetzt waren, gehaust haben. Die Einrichtung ist primitiv, kein fließend Wasser, Plumpsklo auf dem Hinterhof. Dennoch sind wir froh und glücklich, dem Kommunismus entronnen und in der Britischen Besatzungszone untergekommen zu sein.

Da Landarbeiter rar sind, verdingt sich unsere Mutter bei Feldarbeiten. Sie hackt Rüben, pflanzt

Kohl und behäuft Kartoffeln. Sie ist solche schwere Arbeit nicht gewöhnt, hat Blasen an den Händen und ist abends wie gerädert. Das tut sie für etwas Milch und Brot für uns drei Kinder. Tagsüber sind wir uns selbst überlassen und stöbern öfters was Essbares auf, wie Steckrüben vom letzten Herbst, alte Maiskolben oder Saatkartoffeln mit langen, ausgewachsenen Trieben. Das kochen wir uns und der Hunger treibt es rein, obwohl Salz und Fett fehlen.

Heute gibt es auf dem Gutshof freudige Erregung. Die Bewohner aus dem Haupthaus, Eltern Schwestern, Köchin, Gärtner scharen sich jubelnd um einen jungen Mann, der anscheinend aus der Kriegsgefangenschaft heimgekehrt ist. Bald darauf bekomme ich mit, dass es sich um den jungen Gutsherrn handelt, der nun die Gutsleitung übernimmt. Wir gewöhnen uns recht schnell an seine deutliche Befehlssprache. Er war Oberleutnant bei der Luftwaffe - Bodenpersonal - er trägt weiterhin seine grauen Reithosen und seine unverkennbaren Fliegerstiefel mit den Schnallen am oberen Schaftende.

Die Leute im Dorf sprechen von ihm nur von dem „SCHINKENOFFIZIER". Das muss wohl ein Spitzname sein, aber ein sonderbarer, denn sein richtiger Name ist Freiherr Bodo von der Golz, ein ehrerbietiger, toller Name. Warum nur nennen ihn die Leute etwas abfällig „Schinkenoffizier?" Wie passt Schinken und Offizier nur zusammen? Da muss vorher was gewesen sein.

Ich frage mal hier und mal dort nach dem Hintergrund und erfahre nach und nach einige Gerüchte:

Gleich zu Beginn des Krieges wurde von der Golz zur Infanterie eingezogen. Er hätte sich bald recht geschickt mit Hilfe einiger Schinken zur Luftwaffe versetzen lassen, um nicht an die Front zu kommen. Dann, als er Jagdflieger werden sollte, hätte er erneut einige Schinken gespendet. Seine Beförderung zum Oberleutnant soll ebenfalls über die Räucherkammer gegangen sein. Und seine frühe Entlassung aus der Kriegsgefangenschaft hätte er angeblich den Tommys zu verdanken, weil die so gerne „Ham and Eggs" essen.

Da kaum ein Dorfbewohner über so viel Überschuss an Schinken verfügte wie der Gutsherr, war der Neid jahrelang groß und der Spitzname bewusst verletzend.

Ich will an diese Gerüchte einfach nicht glauben. Ein deutscher Offizier ein Feigling? Wenn das stimmen sollte, verstehe ich die Dorfbewohner. Ein Offizier, der Vorgesetzte besticht, um nicht fürs Vaterland kämpfen zu müssen, verdient Verachtung; aber seine Vorgesetzten ebenfalls. Also meine Meinung steht damit fest. Das Thema ist für mich erst einmal erledigt, weil ich nicht daran glauben will.

Tags darauf höre ich die Dorfkinder vor dem Gittertor des Gutshofs tollen, und sie rufen abwechselnd „Schinkenoffizier" in den Gutshof hinein, wo der Ruf ordentlich schallt.

Mein Gott, denke ich, das ist für den Golz eine richtige Beleidigung. Das ist übler Rufmord gegenüber einem ehemaligen deutschen Offizier.

Am nächsten Tag steht das Gutstor offen. Abends tollt eine Rasselbande von 6- bis 10-jährigen Jungen und Mädchen vor dem Tor auf der Straße. Und sie beginnen aus Übermut im Chor „Schinkenoffizier, Schinkenoffizier" zu rufen.

Natürlich bin ich am Geschehen interessiert, weil einige davon meine Spielgefährten sind, aber ich nehme mir vor, beim Rufen nicht mitzumachen. Diese Lausbuben wissen sich nicht zu benehmen - einen Freiherr Bodo von der Golz als Schinkenoffizier zu bezeichnen- nein, ich bleibe auf Abstand. Ich bin ja älter als diese Gören. Und sie rufen im Stakkato Schin-ken-offi-zier und es macht ihnen zusehends Spaß, im Takt einen Menschen zu ärgern. Ich finde das nicht gut - aber es scheint zu wirken. Plötzlich geht die schwere Tür am Portal des Gutshauses auf und von der Golz kommt wild fuchtelnd herausgelaufen. Die kleine Bande schreit auf und stürmt davon, nur ich bleibe stehen - ich habe mich ja nicht beteiligt. - Falsch gedacht!

Der „Schinkenoffizier" packt mich am Hemd, schüttelt mich wütend und flucht mit Worten: „Ihr gottverdammte Nazibrut, glaubt ihr vielleicht, ihr könnt einem Namensträger eines alten Geschlechts die Ehre abschneiden; ich werde euch beibringen, wie man sich anständig verhält..."

Er wiederholt sich und ich wehre mich mit dem Einwand, dass ich nicht zu den Schreihälsen gehöre. Er lässt es nicht gelten. „Das sind doch deine

Freunde, oder? Einer für alle, alle für einen"! Und er haut mir eine Ohrfeige ins Gesicht, ich will mich wehren, da begreift er, dass er wohl zu weit gegangen ist, und redet vernünftig auf mich ein. Seine Worte sind eigentlich auch meine Gedanken von gestern: „Glaubst du denn wirklich, dass ein deutscher Offizier bestechlich ist, hm? Du bist doch schon älter und denkst mit. Würdest du es wagen, dich mit Speck vom Frontdienst freizukaufen und die Schande im Angesicht deiner Kameraden ertragen, die mit ordensgeschmückter Brust als Helden nach Hause kommen, sag, würdest du das? Ein Freiherr von der Golz würde sich in einem solchen undenkbaren Fall eher erschießen, verstehst du das? Ich verteidige Blut und Ehre meines Geschlechts. Und damit das dem Dorf klar wird:

Wenn noch einer von euch mich mit Schinkenoffizier bezeichnet, bekommt abends nach dem Melken keiner einen Tropfen Milch. Dann werden wir sehen, was euch eure Mütter für einen Marsch blasen werden. Hast du verstanden? Hier geht es um mein Blut und meine Ehre! Also geh, und sag es allen. Noch einmal Schinkenoffizier und für euch alle keine Milch mehr, klar?"

Er lässt mich los und ich bin beeindruckt. Ich habe Recht gehabt; es ist ja auch undenkbar, was die anderen da erzählen und herumphantasieren.

Gleich nachdem ich seine Drohung weitergesagt habe, verstummt das Nachrufen. Meine Freunde haben vereinzelt auch ein schlechtes Gewissen, scheinbar haben die Eltern sie, aus lauter Angst keine Milch zusätzlich zu bekommen, zurechtgewiesen.

Eine Woche vergeht.

Am Sonntag nehme ich mir vor, sehr früh, noch vor dem Morgengrauen aufzustehen, und mit meiner selbst gebastelten Angel zum Fischen zu gehen. Morgens in aller Frühe beißen die Fischlein am allerbesten, sie haben Hunger und die Ausbeute langt jedesmal für uns drei Kinder - meistens Rotaugen und Weißfische .

Als ich aus dem knarrenden Bett krieche, ist es noch dunkel. Ich verlasse sehr leise die Kammer und möchte schon zum Frühstück meine Geschwister mit der Beute überraschen. Also schleiche ich auf den Hof, um die Angelrute hervorzuholen. Da sehe ich Licht, Licht in der Waschküche, die neben unseren Kammern liegt. Hat da jemand gestern das Licht brennen lassen? Aber da höre ich doch Stimmen. Vorsichtig schleiche ich näher an die Waschküchentür, die, das weiß ich, nur schlecht schließt. Sie ist oben mit einem Fenster zum Abziehen des Dunstes versehen. Ich schaue vom Dunklen ins Helle des Raumes. Dort sehe ich zwei, nein, drei Männer schuften, sie heben Wannen und hantieren mit Tiegeln herum. Was machen die dort weit nach Mitternacht?

Ich bin mit meinen 13 Jahren nicht groß genug, um durch die Scheibe zu sehen. Meine Neugier ist aber sehr stark und ich hole mir einen Melkeimer, um mich draufzustellen. Prompt kippt der Eimer um und gibt ein lautes, blechernes Geräusch ab.

Die Waschküchentür wird aufgerissen und ein Mann packt mich am Kragen und zieht mich ins Helle der Waschküche. Ich zittere vor Schreck am ganzen Körper und bin wie gelähmt. Eine bekannte

Stimme herrscht mich an: „Was machst du hier, was hast du hier in der Nacht zu suchen"? Ich stottere etwas von angeln gehen und da erkenne ich den Fragensteller, es ist der „Schinkenoffizier".

Die anderen beiden Männer fluchen: „Das hat uns noch gefehlt, jetzt weiß der Bengel Bescheid!"

Ich denke, wieso weiß ich Bescheid, und blicke mich um. An einem Hacken hängt von der Decke ein halbes Schwein herab, auf einem Tisch stehen Schüsseln mit Fleischstücken und zwei große Schinken sind auf einer Schubkarre abgelegt.

Ich begreife!

Hier wurde schwarz geschlachtet, was unter hoher Strafe verboten ist. Es schießt mir durch den Kopf, dass ich nun Mitwisser bin. Und schon schüttelt mich der eine Mann an den Schultern und zischt:

„Wehe, wehe, wenn du jemandem etwas davon erzählst!"

Ich sehe seine blutverschmierten großen Hände, er hat sein Hemd ausgezogen und riecht nach Schweiß, und ich bekomme auch Angstschweiß auf die Stirn. Ich stammle:

„Nein, nein, ich verrate nichts".

Der andere Mann wetzt dabei ein langes Messer und zeigt es bewusst vor. Der „Schinkenoffizier", diesmal in Unterhemd und Hosenträgern, nimmt ein Beil und hackt auf einem Klotz einen Knochen mit Fleisch in zwei Teile.

Ich habe Todesangst und schreie.

Da raunzt er mich an: „Hör auf zu Schreien, dir tut hier keiner was, aber du musst die Schnauze halten, verstanden! Hier, das kriegst du als Schweigelohn mit. Und solltest du uns verpetzen, dann sagen wir, dass du hier bei der Schlachtung mitgeholfen hast".

So ein großes Stück Fleisch mit Knochen haben wir seit Jahren nicht mehr bekommen und ich sage unterwürfig:

„Sie können sich auf mich verlassen, ich gehe bestimmt nicht zur Polizei".

Die Männer lachen, - ich verstehe nicht, warum sie lachen - und schütteln die Köpfe dabei und dann sagt der „Schinkenoffizier":

„Karl, schmeiß den Bengel raus, der wird schon das Maul halten, ich rede auch mit seiner Mutter, die wohnt bei uns."

Karl ergreift mich mit meinem Fleischknochen, nimmt eine Jacke vom Hacken, und ich staune. Die Jacke ist eine Polizeiuniform. Er schiebt mich vor die Tür. Draußen sagt er noch: „Schnauze verstanden!"

Ich stehe wie benebelt da, habe ich das nur geträumt? Ein Polizist bei einer Schwarzschlachtung als Helfer? Ich kann das nicht fassen.

Aber dieser arrogante „Schinkenoffizier". Mir fallen seine großen Worte vor einer Woche ein:

„Blut und Ehre."

Langsam laufe ich am Misthaufen vorbei und bleibe vor einer großen Blutlache stehen. Blut vom Schwein, geht es mir durch den Kopf, und dieser miese „Schinkenoffizier" hat mir gesagt, für ihn sei das eine Ehrensache.

Wie viel erhält Karl, der Polizist, als Schweigeanteil? Blut und Ehre?

Ich blicke auf das Blut am Boden und sage laut: „Das heißt Blut und Boden.“

Verbittert denke ich: Er hat niemanden bestochen. Nein.

Ich blicke auf mein Fleischstück in meiner Hand und denke:

Mich hat er ja auch nicht bestochen, mein Fleischknochen ist ja schließlich kein Schinken.

Die beiden Schwarzhändler

Das zweite Nachkriegsjahr gleicht dem ersten. Alles ist so trostlos. Um mich herum herrscht Mutlosigkeit unter den Menschen. Es fehlt an Hoffnung. Viele zweifeln, dass sich die Lebensumstände verbessern könnten. Mein Onkel bereitet mit anderen Balten eine Auswanderung nach Australien vor. Sie sagen, in Deutschland gebe es für sie keine Zukunft. Der tägliche Kampf ums Dasein habe sie hier mürbe gemacht. Wenn ich an die zerstörten Nachbarstädte Braunschweig und Hannover denke, muss ich ihnen Recht geben. Wer soll die wieder aufbauen?

Die Stahlwerke, ehemals Hermann-Göring-Werke genannt, werden demontiert. Die Briten verlangen Kriegsentschädigung, bauen Industriebetriebe ab, um sie in England wieder aufzubauen.

Für uns sind Nahrungsmittel die wichtigste Sache der Welt. Alle Esswaren werden nur in sehr geringen Mengen zugeteilt. Die Lebensmittelkarte mit den Zuteilungsbons ist für uns bedeutender als die Reichsmark. Dennoch fehlt es uns an Geld. Mein Vater ist, seit er aus der Kriegsgefangenschaft heimgekehrt ist, arbeitslos. Wir haben als Flüchtlinge keinerlei Ersparnisse. Wir ernähren uns hauptsächlich von Kartoffeln. Auf dem schwarzen Markt kann man heimlich, wenn man Glück und Geld hat, Schweinefleisch und Speck erstehen. Ein ½ kg kostet 600 bis 700 Reichsmark (RM). Mein Vater kann solche Summen nicht aufbringen. Und so versucht Mutter Kartoffelpuffer in Lebertran zu braten. Ich erbreche mich nach dem Essen. Und mein Vater verkündet, angesichts des hohen Verdienstes im Schwarzhandel ebenfalls Schwarzhandel betreiben zu wollen. Ich erschrecke, ich weiß, welches Risiko damit verbunden ist. Es ist strafbar, Lebensmittel zu total überhöhten Preisen zu verkaufen. Die Polizei fahndet nach Schwarzhändlern. Meinem Vater scheint das, trotz Bedenken der Mutter, nunmehr egal zu sein. Er sagt, er habe für fünf Mäuler zu sorgen.

In den folgenden Monaten beobachte ich genau, wie er seinen Schwarzhandel aufzieht.

Er erkundet eine reiche Lebensmittelquelle im Lager Bergen-Belsen. Dort warten Juden, ehemalige KZ-Insassen, jetzt so genannte DP's, auf ihre Auswanderung und erhalten von den Amerikanern

Care-Pakete und Lebensmittel im Überfluss. Diese armen Gestalten brauchen Bargeld. Sie verkaufen Waren zu niedrigen Schwarzmarktpreisen. Mein Vater gedenkt dort Zigaretten, Kaffee, Kakao, Nylonstrümpfe, Schokolade einzukaufen und dann diese Ware in Salzgitter mit Aufschlag zu verkaufen. Es fehlt ihm aber an Anfangskapital. Die Lagerinsassen verkaufen nur gegen Bargeld. Mein Vater reist dennoch mit nur wenigen Reichsmarkscheinen nach Bergen-Belsen. Irgendwie bringt er es fertig, bei einem der Juden kreditwürdig zu sein. Als er spät abends von seiner Reise heimkommt, staunen wir. Zwei Koffer mit herrlichen Lebensmitteln. Als wir die Schokolade erblicken, läuft uns Kindern das Wasser im Munde zusammen. Aber wir kriegen nichts ab. Vater beginnt am darauf folgenden Tag eine Art Vertretertätigkeit. Er geht in Gastwirtschaften, Cafés, Tabakläden und bietet dort heimlich seine Ware an. In den Cafés gibt es keinen Bohnenkaffee, die Zigarettenläden geben auf Raucherkarte nur ganz billige heimische Zigaretten ab. Mein Vater verkauft an einem Tag die Waren eines großen Koffers und setzt am nächsten Tag seine Aktion fort. Er findet neue Abnehmer: Bäcker, Portiers und Laufmaschenläden. Alle sind für sein Angebot dankbar. Sie verdienen ebenfalls an der Ware und fordern ihn auf wiederzukommen.

Bereits am dritten Tag reist mein Vater mit leeren Koffern erneut nach Bergen-Belsen. Abends, wieder zu Hause mit schwerer Last, holt er seine Geldbörse heraus und sagt zur Mutter: „Hier sind unsere Eheringe, ich habe sie wiederbekommen, als ich meine Schulden beim Juden bezahlt habe!"

Mir geht ein Licht auf, wie man kreditwürdig wird.

Dann holt er eine kleine Tafel Schokolade heraus und sagt: „Mutter, verteile die Caddbury gerecht an unsere drei, es sind genau zwölf Würfel."

Er fasst meine neunjährige Schwester ans Kinn und fragt: „Wie viel kriegt jeder von euch?" Und mein kleines Schwesterchen ruft begeistert: „4 Stück, 4 Würfel, toll!"

Diese Schokolade ist für mich die beste. Ich habe diese Tafel Schokolade in roter Hülle mit goldener Aufschrift nie vergessen, sie ist und bleibt für mich die beste.

Als mein Vater von seiner vierten Reise wiederkommt, sagt er stolz: „So, meine Lieben, alles was in den Koffern ist, ist bar bezahlt. Jetzt können wir uns bald auch etwas leisten. Morgen tausche ich eine Stange Camel-Zigaretten gegen 2 Kilo Speck und dann machen wir uns herrliche Bratkartoffeln."

Vaters Handel blüht, er verteilt den ganzen Tag. Ich muss ihm nach der Schule helfen und Botengänge mit Waren übernehmen, sie heimlich übergeben und das Geld dafür kassieren.

Ich komme auf eine Idee.

Mein Vater verlangt für eine Pfunddose gemahlenen Nestle-Kaffee 420,- RM. Als ich dem Kunden, es ist unser Bäcker, die Dose unauffällig übergebe, verlange ich 450,- RM. Er stutzt und ich sage: „Die Preise schwanken etwas, vielleicht ist sie das nächste mal wieder billiger." Ich stecke den Gewinn von 30,- RM mit einem schlechten Gewissen ein, zumal mir der Bäcker als Lohn noch ein Stück Zuckerkuchen schenkt. Auf dem Heimweg tröste ich mich mit dem Gedanken, dass alle Beteiligten draufschlagen, also ich auch.

Ich denke, der Bäcker muss doch die Dose Pulverkaffee nicht für 450,- RM kaufen, oder? Andererseits weiß ich, dass man für eine Tasse nur einen Kaffeelöffel Nescafépulver braucht. Vater sagt, 10 g. Der Bäcker kriegt aus einer Dose mit 450 g Inhalt 45 Tassen heraus. Wenn er nur für jede Tasse 15,- RM verlangt, nimmt er 675,- RM ein. Wenn er also bei mir den Kaffee für 450,- RM einkauft, verdient er 225,- RM an jeder Dose. Und 15 RM pro Tasse Bohnenkaffee ist nicht viel, weil schon eine Ami-Zigarette 10 - 12 RM kostet. Ich rechne weiter. Ich muss seine Unkosten abziehen, trotzdem, sein Reinverdienst liegt etwa bei 200,- RM, nicht schlecht!

Diese Kalkulation macht mir Spaß. Vielleicht werde ich mal Kaufmann. Ob mein Vater auch 200,- RM an einer Dose verdient? Wenn das der Fall wäre, dürfte mein Vater die Dose nur für 230,- RM einkaufen. Ich werde ihn fragen, was er pro Dose zahlt. Hoffentlich zahlt er dem Juden nicht zu viel, er muss handeln, aber das kann er, das weiß ich.

Als ich ihn darauf anspreche, lacht er und sagt: „Brav, mein Junge, aber wenn du Genaueres wissen willst, dieser neumodische Pulverkaffee geht nicht überall. Die Kunden kaufen mit Vorliebe ungeröstete Kaffeebohnen und rösten immer so viel davon, wie sie gerade brauchen.“

Ich habe bisher nicht gewusst, dass Kaffeebohnen geröstet werden müssen, ich dachte, sie wachsen braun am Strauch -- ich bin über meine Unwissenheit richtig betreten und bitte Mutter darum, dass sie mir zeigt, wie man Kaffeebohnen röstet. Sie erklärt mir, dass sie nur Bohnenhälften in der Pfanne röstet. Auch das wusste ich bisher nicht, dass zwei Bohnenhälften, von einer Schale umhüllt, am Kaffeestrauch wachsen. Mein Biologielehrer kennt scheinbar diese Pflanze nicht. Kein Wunder, er hat in den letzten sieben Jahren auch keinen Kaffee mehr gesehen.

Der Duft von dem gerösteten Kaffee gefällt mir. Deshalb mögen also die Erwachsenen diesen bitteren Kaffee.

Ich bevorzuge Kakao.

Unserer Familie geht es jetzt etwas besser. Der Speisezettel enthält auch Fleisch. Und unser Schwarzhandel blüht. Vater fährt zweimal pro Woche mit dem Zug über Braunschweig nach Bergen-Belsen. Einmal vor Abfahrt erwähnt er uns gegenüber, dass viele Händler in Bergen-Belsen einkaufen und dass es langsam gefährlich wird, Waren zu transportieren.

Er habe von Kontrollen und Verhaftungen gehört.

Als Vater eines Tages nach einer angetretenen Reise nicht planmäßig zu Hause mit seinen Koffern eintrifft, machen wir uns Sorgen und warten und warten. Kurz vor Mitternacht kommt er ganz niedergeschlagen heim und berichtet:

Kurz hinter Bergen-Belsen wurde das Gepäck der Reisenden von der Polizei durchsucht. Er habe seine Koffer im Gepäcknetz liegen gelassen und sei beim nächsten Halt ausgestiegen. Die Koffer und die Ware und somit das Betriebskapital wären verloren gegangen. Er habe den letzten Zug benutzt und stehe nun mit leeren Händen da.

Wir trösten ihn und am nächsten Tag hat er wieder neuen Mut für seine „Geschäfte", wie er sie bezeichnet. Wir haben in der Wohnung noch ein beachtliches Warenlager, das es gilt, jetzt zu verkaufen, um neues Betriebskapital frei zu machen.

Die Waren verteilen wir in Verstecken in der ganzen Wohnung. Die Tüten mit dem Bohnenkaffee stehen im Vorratsschrank, bei dem Zichorienkaffee und Tee. Mein Vater sagt: „Das ist am unverdächtigsten und dagegen kann keiner etwas haben, wir trinken eben viel Kaffee." Die Zigarettenstangen Camel, Lucky Strike, Philip Morris sind in den Betten verteilt. Mein kleiner Bruder schläft auf vier Stangen. Auch meine Eltern haben in dem Ehebett die Besucherritze zwischen den Matratzen mit Zigarettenstangen ausgelegt und die ganze Breite mit einem Matratzenschoner abgedeckt. Die Bettlaken sind oben darüber gespannt. Immer wenn mein Vater Kunden besuchen will, holt er sich Waren aus den Betten. Alles läuft bei uns reibungslos, doch recht wohl ist keinem von uns. Meine kleineren Geschwister stellen dazu so blöde Fragen.

Nach wenigen Tagen sind unsere Vorräte fast aufgebraucht, deshalb fährt mein Vater heute Morgen mit zwei leeren Koffern nach Bergen-Belsen, um voll beladen gegen 20 Uhr zurückzukehren. Doch vorher passiert das Unerwartete.

Es ist etwa 5 Uhr nachmittags, ich bin gerade mit meinen Hausaufgaben fertig, da klingelt es an der Wohnungstür Sturm -- lang, anhaltend, aggressiv. Meine Mutter öffnet. Drei Männer stoßen die Tür auf, drängen in den Flur und ich höre nur:

„Kriminalpolizei, Hausdurchsuchung."

Einer fuchtelt vor den Augen meiner Mutter mit einem Schreiben, während die anderen beiden Schränke, Regale und alle Ecken durchsuchen. In mir zittert jeder Nerv, ich bin sehr erschrocken, zumal ich weiß, dass wir noch Zigaretten im Hause haben.

Der mit dem Schein in der Hand erklärt, es läge eine begründete Anzeige vor, dass wir illegal mit Kaffee und Zigaretten handelten. Es handele sich um unverzollte Ware. Meine Mutter wird intensiv befragt, wo mein Vater sei, wo die Ware versteckt sei.

In der Annahme, dass alles verkauft sei, sonst wäre Vater nicht erneut gefahren, sagt sie sehr überzeugend: „Sie werden nichts finden, es ist hier nichts versteckt. Derjenige, der uns angezeigt hat, hat Sie auf den Leim geführt."

Ich zittere am ganzen Körper, als einer der Männer die Ehebetten durchwühlt, die Matratzen hochhebt, die Kopfteile auf den Boden wirft. Ich halte die Luft an, ich weiß, dass in der Besucherritze noch drei Stangen Camel-Zigaretten liegen. Den Mann kenne ich, er heißt Spandau, er ist wütend, dass er bisher nichts gefunden hat. Er durchsucht nicht gründlich, scheinbar ist ihm das auch nicht angenehm, in fremden Betten herumzuwühlen. In dem Wust von Matratzen, Kissen, Schlafanzügen und Laken findet er die Zigarettenstangen nicht unter dem Matratzenschoner.

Welch ein Glück, welch eine Erleichterung! Die Männer sind etwas betreten, sie haben wohl mit einem Fund gerechnet. Und meine Mutter sagt harmlos, aber vorwurfsvoll: „Ich habe Ihnen gleich gesagt, Sie werden nichts finden."

Die Männer gehen. Einer sagt noch: „Wir erwischen Sie das nächste Mal, lassen Sie den Schwarzhandel sein."

Meine Mutter sinkt auf einen Stuhl und sagt: „Na, das war knapp. Gut, dass Vater nicht da war und wir keine Ware im Hause hatten."

Ich gehe wortlos ins Schlafzimmer, fasse unter den Matratzenschoner in die Besucherritze und ziehe die drei Stangen Camel zum Vorschein. Als ich sie Mutter zeige, sagt sie nur: „Mein Gott, haben wir Glück gehabt. Wo waren diese Dinger, sie haben doch alles durchsucht?"

Ich sage: „Aber nicht gründlich, du hast auf den Dingern geschlafen."

Die Anspannung weicht langsam von uns, und wir müssen über die wilden Polizeibeamten schmunzeln. Ich sage: „Schlechte Durchsuchung, oder?"

Mutter fällt plötzlich erschreckt ein: „Himmel, wir müssen Vater warnen, er darf nicht mit den vollen Koffern hierher in die Wohnung kommen. Womöglich kommt die Kripo noch einmal."

„Junge, hör zu, es gibt nur eine Möglichkeit:

Vater steigt in Braunschweig um, dort musst du ihn abfangen und ihn warnen. Er wird dort um halb acht ankommen. Schaffst du es mit dem Fahrrad bis Braunschweig in 1 Stunde?"

Ich rechne. 25 km mit dem alten Drahtesel? Ich muss es schaffen.

Mutter: „Dann fahr, was du kannst, frage nach dem Bahnsteig auf dem der Zug aus Bergen-Belsen ankommt. Das muss so um halb acht sein."

Ich laufe die Treppe hinunter, hole mein Rad aus dem Keller und strampele los. Das Rad läuft schwer, warum? Die Reifen sind vulkanisiert, also runderneuert, sie haben scheinbar eine Unwucht - - ich trete und trete. Die Übersetzung, Zahnrad vorne und Zahnrädchen hinten, scheint auch nicht zu stimmen und dann noch Gegenwind -- oh weh!

Ich fahre über Salder, Hallendorf, Drütte -- ich muss es schaffen, ich strampele, was das Zeug hält. Mir kommen Gedanken über Gedanken. Was ist nur an unserem Handel so strafbar? Jeder Kaufmann macht doch dasselbe. Einkaufen und Verkaufen. Es geht aber um Zollabgaben, wie die Kripoleute es audrückten. Unsere Waren sind nicht verzollt. Das heißt, wir haben für den deutschen Staat keine Gebühren bezahlt und der Staat braucht dieses Geld, um den Zoll und die Polizei zu bezahlen. Und ich beginne strampelnd im Takt zu dichten:

Wer nichts kann und wer nichts ist,
wird entweder Zöllner oder Polizist,
wer auch dafür ist zu dumm,
sieht sich bei der Kripo um.

Eben zu dumm, um Zigaretten im Bett zu finden.

Treten, treten, treten.

Mein Gott, geht das schwer. Die Hälfte der Strecke habe ich jetzt geschafft, aber es bleibt mir höchstens noch eine halbe Stunde. Vielleicht haben die Reifen zu wenig Luft? Soll ich absteigen und nachpumpen? Nein, ich muss weiter. Ich muss Vater warnen, sonst verhaften sie ihn, und alles nur, weil er dem Staat von seinem Verdienst nichts abgibt. Ich verstehe meinen Vater, schließlich müssen auch wir von etwas leben. Seine gesamte monatliche Arbeitslosenunterstützung langt auf dem schwarzen Markt nur für ein halbes Pfund Butter. Wie sollen wir also ohne Zusatzverdienst auskommen? Wir haben schon die letzten Kriegsjahre immer gehungert. Das ist doch nicht gerecht. Die Einheimischen haben Bauernhöfe, Häuser und Möbel. Wir Flüchtlinge haben nichts. Aber Zoll sollen wir zahlen, die glauben gar, dass wir Betrüger sind. Ich weiß, dass mein Vater das mit dem Schwarzhandel nicht gerne tut. Er tut es für uns. Deshalb muss die Familie zusammenhalten.

Ich muss rechtzeitig auf dem Bahnsteig sein, wenn der Zug aus Bergen-Belsen in Braunschweig eintrifft. Und ich trete, trete und trete. Endlich die Stadtgrenze, noch zehn Minuten. Vielleicht schaffe ich es noch. Meine alte Armbanduhr geht leider nicht genau. Noch um zwei Ecken, da ist schon der Sackbahnhof von Braunschweig. Ich muss mir noch eine Bahnsteigkarte kaufen, um durch die Sperre zu kommen. Ich frage nach der Gleisnummer. Als ich die Nummer entdecke, strömen mir schon

Menschen entgegen. Der Zug ist bereits eingelaufen. Mich packt die Angst um meinen Vater, meine Augen suchen unter den Reisenden. Nichts!

Da steht plötzlich, wie aus dem Boden gestampft, mein Vater mit seinen zwei Koffern vor mir, er stellt sie ab und fragt: „Nanu, was ist los?"

Ich berichte: „Die Kripo hat..., ich stottere vor Erregung, sie haben alles durchwühlt, aber Papa, sie haben nichts gefunden. Du darfst mit den Koffern nicht nach Hause kommen. Vielleicht beobachten sie das Haus. Den einen Kripomenschen kenne ich, der wohnt in unserer Nähe und heißt Spandau, der hat alle Betten durchwühlt."

Mein Vater legt den weiteren Verlauf fest und sagt: „Ich fahre mit dem Bus weiter zu unseren Freunden, dort hinterlege ich die Koffer. Du aber fährst mit dem Rad zurück. Wenn sie am Bahnsteig in Lebenstedt auf den Zug warten, warten sie umsonst. Klar!"

Ich bin nicht gerade begeistert, jetzt im Dunkeln die ganze Strecke zurückfahren zu müssen, sehe aber ein, dass es sein muss. Unterwegs schimpfe und fluche ich auf diesen Spandau. Ich bin müde und die Kräfte lassen nach. Das Rad fährt noch schwerer als auf dem Hinweg, weil es den Dynamo für das Licht drehen muss. Es ist stockdunkel und dann fängt es auch noch an zu regnen.

„Oh dieser Spandau, dieser blöde Polizist, wie er sich aufgespielt hat und wie er Mutter gedroht hat: „Ich erwische Sie schon."

Dieser Armleuchter, er hat noch nicht mal eine Polizeiuniform. Worauf bildet der sich was ein?

Man sollte ihm einen Stein ins Wohnzimmerfenster werfen. Dieser Gedanke gefällt mir.

Ich trete in die Pedalen und vergesse die Mühen und den Regen. Ich weiß genau, wo dieser Blödmann wohnt. Wenn ich mich jetzt nach 22 Uhr mit dem Rad heranschleiche und ihm einen Feldstein in die Fensterscheibe schmeiße und dann blitzschnell mit dem Rad abhaue? Nicht schlecht, dieser Gedanke gibt mir Kraft zum Treten.

Ich grinse vor mich hin und male mir aus, wie es bei den Spandaus kracht. Alles voller Glassplitter, toll! Das geschähe ihm recht, diesem Christenverfolger. Zöllner waren doch Christenverfolger, oder?

Bringe ich da etwas durcheinander?

Also, wenn ich das mit dem Stein anstellen will, dann geht das nur vom Torbogenweg. Spandaus wohnen an einem der vier Torbogen. Im Torbogen kann man sich gut verstecken und Deckung finden. Dann ruck zuck raus, schmeißen und zurück in den Torbogen. Ja, so muss das gehen.

Ich bin ganz durchnässt als ich Lebenstedt erreiche. Meine Wut auf den Spandau wird immer größer. Es ist kalt, ich habe Hunger, ich bin müde und kaputt.

Alles hat mir dieser Hund von der Kripo eingebrockt und dann hat er auch meiner Mutter Angst gemacht. Na warte, dir hau ich eine rein!

Mit solchen Gedanken halte ich an einem Acker, hebe vom Rand einen faustgroßen Stein auf. Den kriegt er ins Fenster. Dann schiebe ich mein Rad (das Licht habe ich abgestellt) durch die Passage bis zu dem benachbarten Torbogen der

Spandaus. Kein Mensch ist auf der Straße. Bei den Spandaus brennt noch Licht. Bis zu ihrem Fenster sind es vom Torbogen aus ungefähr 10, 12 m. Aus dem Torbogen heraus? Schaffe ich es, das Fenster zu treffen? Wer weiß? Sicher bin ich nicht. Soll ich, oder soll ich nicht? Ich müsste meinen ganzen Mut zusammennehmen. Angst beschleicht mich. Ich wiege den Stein in meiner Hand, möchte ausholen, aber ich lasse den Arm wieder sinken. Ich setze noch einmal zum Wurf an, aber ich traue mich nicht. So was habe ich noch nie gemacht, mutwillig eine Scheibe einschlagen. Nach dem dritten Versuch gebe ich auf, nein, ich tu es nicht. Ich weiß, was heute eine Glasscheibe kostet, man kriegt sie kaum. Und dennoch, ich fühle mich wie ein Verlierer. Die Rache bleibt mir versagt. Dieser blöde Spandau.

Zu Hause angekommen, werde ich von Mutter und den Geschwistern als kleiner Held begrüßt, Vater ist ebenfalls heil zu Hause angekommen.

Ich beichte ihm die Sache mit dem Stein und dem Fenster und sage: „Ich war doch zu feige."

Er sagt tröstend: „Du hast ganz richtig gehandelt, so was macht man nicht aus Rache, der Spandau hat doch nur seine Pflicht getan."

Ich sage: „Was, wenn er die Zigarettenstangen, unsere beste Tauschware, gefunden hätte?"

Vater: „Dann hätte er sie beschlagnahmt."

Ich: „Armen Leuten etwas wegnehmen, ist das seine Pflicht?"

Bei dieser Bemerkung lege ich den mitgebrachten Stein nachdenklich auf eine Fensterbank.

14 Tage später hat jemand dem Spandau das Wohnzimmerfenster eingeschmissen. Und auch der Stein ist von unserer Fensterbank verschwunden ---.

Wir aber hungern erneut.

Der Feldmarschall

Seit Rückkehr aus der Kriegsgefangenschaft ist mein Vater lange arbeitslos. Ganz überraschend wird er vom Arbeitsamt angeschrieben, da wäre eine interessante Tätigkeit für ihn in Aussicht. Als er sich dort meldet, ist schon die ganze Familie gespannt, was man ihm anbieten wird. Es dauert einen halben Tag, bis wir etwas von ihm hören. Er betritt lächelnd und entgegen seiner bisherigen Niedergeschlagenheit erhobenen Hauptes den Wohnraum und sagt: „Schaut mal aus dem Fenster, ich bin mit einem Auto gekommen". Wir laufen alle zum Fenster und sehen draußen einen PKW stehen, Opel Kadett, Baujahr 1940. An den Kotflügeln und am Heck trägt der grüne Wagen die

Abzeichen der britischen Militärregierung - wir staunen nur - Mutter ist sehr verunsichert - handelt es sich doch um die Besatzungsmacht, vor der man sich fürchten muss. „Also Vater, was ist los, erzähl!"

Und er berichtet.

„Das Arbeitsamt suchte für die örtliche britische Kommandantur einen zuverlässigen Kraftfahrer, der absolut kein Nazi und möglichst auch kein Deutscher sein sollte! Die Wahl fiel aufgrund des ostischen Namens und meines Geburtsortes auf mich. Ich habe schon befürchtet, dass sie mich nicht nehmen würden, weil ich doch kaum englisch spreche, aber ich hatte Glück, der Offizier, dem ich zugeteilt bin, spricht deutsch. Frau, bitte trenne von dieser englischen Uniform alle Abzeichen ab, ich soll sie als Zivilkleidung bei der Arbeit tragen, damit ich mich von den Briten nicht so stark unterscheide. Schau her, die Sachen passen mir in der Grösse!"

Wir Kinder sind sprachlos und Mutter meint: „Aber du in englischen Klamotten?"

Mein Vater antwortet gelassen: „Ach Frau, 1917 habe ich als Kadett eine zaristische Uniform getragen, 1930 habe ich eine litauische Uniform angehabt, 1943 eine Wehrmachtsuniform, warum nicht mal eine britische? Mir ist das schließlich egal, ich habe in allen Armeen nur meine Pflicht getan und ich habe überlebt." Stille.

Meine Mutter trennt, mein Vater zieht sich der Reihe nach die Uniformteile an, er kommt mir in Oliv so fremd vor. Ich nehme heimlich die abgetrennten Abzeichen an mich. Das werden gute Tauschobjekte bei meinen Freunden.

Wochen vergehen. Mein Vater kommt öfter mit dem Dienstwagen zum Mittagessen. Er gilt jetzt in der Nachbarschaft als eine Art Amtsperson. Wir nehmen diesen Eindruck schmunzelnd hin, ohne genaue Erklärungen abzugeben. Aber kurz darauf wird er doch zur Amtsperson, denn ich höre folgendes Gespräch zwischen meinen Eltern.

Vater: „Die hiesige Kommandantur überwacht einen deutschen Feldmarschall, der hier in der Nähe im Dorf Haverlah wohnt, er steht auf Befehl von Montgomery unter Hausarrest auf Ehrenwort. Seine Anwesenheit zu Hause müsste häufiger kontrolliert werden, aber den britischen Offizieren sind solche Kontrollen sehr unangenehm, Generalfeldmarschälle müsste man sehr vorsichtig behandeln. Mein Vorgesetzter könne vom Dienstgrad her keinen Generalfeldmarschall kontrollieren, das müsste mindestens ein Colonel sein. Jetzt haben sie sich geschickt ausgedacht, mich als Zivilangestellten mit der Funktion eines Boten oder Melders heimlich für diese Aufgabe einzusetzen. Ich soll öfters zum Generalfeldmarschall fahren, Schreiben und Marketenderware überbringen und dabei die Anwesenheit des Feldmarschalls feststellen. Darüber wollen sie Buch führen. Frau, stell dir vor, ich kleiner Unteroffizier der Wehrmacht, ich habe den ganzen Krieg über keinen General und noch nie in meinem Leben einen Generalfeldmarschall gesehen. Das ist doch der höchste militärische Dienstgrad! Ich weiß überhaupt nicht, wie ich das richtig machen soll.“

Mutter: „Na weißt du, was heißt hier machen! Du brauchst doch nichts zu machen. Du musst nur deine Augen aufmachen - verstehst du - Kontrolle mit den Augen. Du darfst aber die Schreiben nur persönlich dem Feldmarschall übergeben. Lass dich nicht von der Wirtschafterin oder Ehefrau abfertigen, verlange ausdrücklich den Feldmarschall und verhalte dich dabei ganz locker und natürlich. Schau, der Krieg ist vorbei, der Feldmarschall ist nicht mehr dein höchster Vorgesetzter, das ist endgültig vorbei. Sei höflich, eben wie ein Zivilist zu einem Zivilisten. Der Feldmarschall war mal ein hohes Tier, jetzt ist er auch nur ein Mensch, wie du und ich, oder?“

Vater: „Ja, du hast ja recht, aber du kennst die Rangordnung beim Militär nicht. Aber ich werde mich ganz natürlich verhalten, ich verspreche es.“

Mutter: „Also noch mal, mit der Rangordnung ist es jetzt vorbei, keine Unterwürfigkeit, ganz normal auftreten!“

Am folgenden Tag, ich habe das Gespräch zwischen Vater und Mutter schon vergessen, überholt mich, als ich auf dem Heimweg von der Schule bin, mein Vater mit seinem Dienstwagen. Er hält an und bietet mir an, nach Haverlah mitzufahren. Ich bin noch nie in einem PKW gefahren und steige begeistert ein. Ich denke Haverlah, Haverlah, und da dämmert es bei mir. Mein Vater sagt dazu erklärend, er müsse als Melder mit Post zu einem Generalfeldmarschall.

Ich tue ganz überrascht und respektvoll, als wenn ich nichts wüsste.

Vater merkt noch an: „Ein Feldmarschall war während des Krieges ein hohes Tier, aber jetzt gilt das nicht mehr, er kann froh sein, dass er nicht in Kriegsgefangenschaft ist. Ich werde mich ihm gegenüber ganz normal wie ein Zivilist verhalten und wenn ich dich als meinen Sohn dabei habe, wirkt das noch harmloser".

Wir nähern uns einer kleinen Villa, mein Vater fährt vor das Portal, hält an, steigt aus und beginnt seinen Anzug zurechtzumachen - Jacke, Hemd, Mütze -. Dann drückt er, für mich überraschend, seine Brust heraus, nimmt eine etwas steifere Haltung ein und klingelt. Ich bleibe etwas schüchtern am Wagen stehen. Es öffnet eine Frau in einer Küchenschürze.

Vater grüßt militärisch und sagt: „Ich bin Melder von der britischen Kommandantur mit Post für Herrn Generalfeldmarschall."

Die Köchin grinst und sagt erfreut: „Ja, ich kenne Sie doch, Sie waren doch schon ein paarmal hier, haben Sie vielleicht etwas für die Küche mitgebracht?"

Vater dreht sich steif zu mir um und ruft: „Bring bitte der Frau Schulze die Dose mit Kaffee vom Rücksitz. Ich muss mich beim Generalfeldmarschall melden."

Während ich die Kaffeedose hervorhole, höre ich noch wie Frau Schulze sagt: „Sie müssen noch etwas in der Halle warten. Dann gehen Sie in das Bibliothekzimmer hier, ich melde sie vorher an."

Nachdem ich die Dose mit dem NESKAFFEE abgegeben habe, schleiche ich voller Neugier heimlich ums Haus.

Wo ist was zu entdecken?

Eine Pforte steht halb offen, ich schlüpfe durch und bin im Garten an der Rückfront der Villa. Die großen Fenster im Erdgeschoss reichen bis auf die gepflasterte Terrasse hinunter. Ich drücke mich an die Mauer und schaue um die vorspringende Mauerecke. Ich blicke in einen großen Raum mit Bücherregalen. Ein älterer Herr geht dort gemessenen Schrittes auf und ab. Ich bemerke noch, dass eines der Fenster neben mir spaltweit geöffnet ist, als der drahtig wirkende Mann im Zimmer stehen bleibt und zur Tür blickt. Die Tür geht auf und wen sehe ich?

Mein Vater betritt den Raum, macht einen Schritt nach vorne, knallt die Hacken zusammen, nimmt stramme militärische Haltung an und sagt unüberhörbar laut: „Herr Generalfeldmarschall, melde mich wie befohlen zur Stelle." Dann bleibt er wie angewurzelt in dieser strammen Haltung auf demselben Fleck stehen, bis der alte Herr mit schnarrender Stimme sagt: „Stehen sie bequem." Vater setzt nur den rechten Fuß etwas zur Seite und wagt scheinbar kein Wort zu sagen.

Also das ist das hohe Tier, denke ich.

Erneut die schnarrende Stimme: „Welche Funktion haben sie bei der Kommandantur?"

„Melder, Herr Generalfeldmarschall," dabei haut er wieder laut die Absätze seiner Schuhe zusammen. Die Stimme: „Sie meinen sie sind ein Bote, Sie sind doch Zivilist, also was bringen Sie?"

Vater, Hacken zusammen: „Melde gehorsamst, ein Schreiben des britischen Kommandanten."

Der Feldmarschall ruft schneidend: „Helga, komm bitte herein.“

Eine grauhaarige Dame betritt den Raum.

Der Feldmarschall: „Bitte, nimm dem Melder, - ‚jetzt sagt er wieder Melder und nicht Bote -, bitte, nimm ihm den Brief ab, öffne ihn und sieh nach, was die von mir wollen.“

Die Dame nimmt meinem erstarrten Vater das Kuvert aus der Hand, geht zu einem Sekretär, nimmt einen Brieföffner, überfliegt das Schreiben und sagt: „Zum Text später, lieber Walter, jetzt aber wollen sie von dir eine Unterschrift als Empfangsbestätigung.“ Der Feldmarschall: „Solche Bagatellen unterschreibe bitte du im Auftrag.“ Die Dame unterschreibt gehorsam und reicht meinem Vater den Empfangsschein.

Der Feldmarschall sagt zu meinem Vater: „Wegtreten, und lassen sie sich in der Küche eine Tasse Kaffee geben.“ Mein Vater nimmt Haltung an, grüßt stramm und sagt: „Melde mich ab,“ macht auf dem Absatz eine tolle Kehrtwendung und verlässt den Raum.

So habe ich meinen Vater noch nicht erlebt.

Ich habe es eilig wieder durch die Pforte zum Wagen zu laufen und erreiche ihn, bevor mein Vater aus dem Haupteingang kommt. Wir fahren sehr einsilbig und schweigsam nach Hause zum Mittagessen. Ich schaue ihn von der Seite an und denke: „Mein Vater ist ein, -- mir fehlt das richtige Wort --, er ist ein, er ist wie ein Zinnsoldat. Man kann ihn überall hinstellen, Zarenarmee, litauische Armee, Wehrmacht, Briten. Er steht überall stramm. Er hat mich noch kürzlich verhauen, aber

den brauche ich nicht zu fürchten. Wenn ich ein-
undzwanzig bin, kann ich ihn stramm stehen lassen.“

Zu Hause beim üblichen Steckrübeneintopf
fragt meine Mutter: „Na, wie war dein Besuch beim
Feldmarschall, wie bist du aufgetreten als Kontrol-
leur?“

Mein Vater sagt: „Na, wie besprochen, ganz
locker und natürlich, ich bin doch Zivilist.“

Sind wir _das_ Volk?

Ich bin das dritte Jahr auf der Oberschule für Jungen mit 27 Schülern in einer Klasse; es ist Winter, das Klassenzimer ist kalt; wenn man haucht, sieht man den Atem. Jeder Schüler hat von zu Hause ein Braunkohlenbrikett mitzubringen. Der Tafeldienst ist auch gleichzeitig Heizer für zwei kleine Kanonenöfchen. So richtig einheizen, das macht uns allen Spaß: Ofenklappe auf und das Brikett in die Flammen geschleudert! Die Wärme vom Kanonenofen tut den kalten Händen gut.

In der großen Pause gibt es die Schulspeisung. Erbsensuppe oder Haferflockenbrei -- alles von den Amis gestiftet, manchmal bekommen wir auch Salzkekse aus einer grünen Büchse, das scheint

Armeeverpflegung zu sein. Jedenfalls halten wir ein Kochgeschirr oder einen Alunapf griffbereit unter der Bank, denn wenn die Verteilung beginnt, muss man sich schnell anstellen, sonst kriegt man nichts ab, und das ist hart, weil es zu Hause für ein Schulbrot nicht reicht. Die Lebensmittelzuteilungen sind 1947 immer noch knapp.

Auf der Oberschule werden wir nur in den Hauptfächern unterrichtet. So etwas wie Geschichte gibt es nicht. Meine Mutter merkte neulich an: „Da traut sich nach dem verlorenen Krieg keiner ran, das Thema ist zu frisch und zu heiß." Etwas Geschichte behandelt Studienrat Geier im Deutschunterricht. Er ist mit erfrorenen Füßen aus der Kriegsgefangenschaft zurückgekehrt und hat wohl Schmerzen. Er verzieht manchmal sein Gesicht, so als ob es ihm in den Füßen zwickt. Er trägt einen sonderbaren blauen Anzug. Das muss eine eingefärbte Wehrmachtsuniform sein. Aber noch lustiger ist, dass er an seiner Jacke verschiedene Knöpfe trägt. Richtig komisch. Er heißt Geier. Dr. Geier. Wir mögen ihn nicht sonderlich, er ist so bissig und überheblich, und er kann sehr scharf werden, wie beim Kommiss.

Die Deutschstunde hat spannend begonnen, wer hat welche Note im Diktat? Geier bespricht unsere Fehler und macht Bemerkungen wie: „Da schreibt doch einer dieser Ungebildeten...," dann werden die Hefte verteilt, anschließend kommt er zum „Lehrstoff", wie er sagt.

„In der letzten Stunde haben wir über die Völkerwanderung und über den Begriff „Volk" gesprochen. Ich wiederhole noch einmal, was man unter dem Wort „Volk" versteht: „Es ist nicht nur gemeinsame Sprache, gemeinsame Kultur, geschichtlich gewachsene Gesellschaft. Es ist weit mehr. Mit dem Wort Volk verbindet sich auch Zusammengehörigkeitsgefühl, Gemeinschaftssinn, Tradition und vor allem Stolz auf seine Herkunft." Er fügt hinzu: „Der Einzelne ist nichts, das Volk ist alles. - Merkt euch das! Verstanden?"

Ich höre zu und denke: Dieser Pauker, dieser super kluge; er weiß ja alles; und wir, wir wissen nichts und deshalb kannn ich diesen Lehrer nicht recht leiden. Ein Mensch kann doch nicht alles wissen - oder -?

Er fährt fort: „Heute möchte ich mit euch einen Test machen. Müller, hier verteile die leeren Blätter. Eure Namen in die linke obere Ecke, darunter zwei Spalten für Wörter mit „Volk oder Völker." Linke Spalte für solche mit positiver, rechte Spalte für solche mit negativer Bedeutung. Sucht also zusammengesetzte Worte mit „Volk" und bewertet sie, ob sie links oder rechts stehen sollen. Klar? Anschließend werden wir die Bedeutung der Worte und Begriffe besprechen. Wir wollen mal sehen, ob ihr überhaupt schon nachdenken und bewerten könnt.

Zehn Minuten Zeit, los gehts, anfangen!"

Irgendwie packt mich bei seinem Gerede innerlich die Wut. Dieser Blödmann, richtiger „Geierschnabel," wie der mit uns spricht. - Na warte, denke ich, - jetzt zeig' ich's ihm. Als ob wir kleine Kinder wären.

Ich fange an, denke nach, schreibe, habe Spaß mit meiner Wut im Bauch. Schon nach fünf Minuten bin ich fertig, und ganz stolz und erregt übergebe ich ihm mein Blatt. Er ist erstaunt. Na klar, die anderen haben bisher zwei bis drei Worte auf dem Papier. Er sagt: „Dann schreibe schon mal deine Wortsammlung an die Tafel -- so wie auf deinem Blatt -- links und rechts, dann wollen wir mal sehen, ob du die Worte auch richtig geordnet hast."

Ich denke: „O weh, ich Dummkopf, jetzt habe ich mich selber hereingerissen, nur weil ich als Erster abgegeben habe, stehe ich jetzt vorne. Erläuterung vor der ganzen Klasse; die werden mich mit „Streber" beschimpfen. Aber gleichgültig, diesem Geier, diesem Typ will ich's schon zeigen. Als Erstes muss ein anspruchsvolles, beeindruckendes Wort stehen. Eigentlich will ich „Volksschule" schreiben, aber das ist zu einfach. Ich schreibe „VOLKSWIRT".

Ich schreibe es genüsslich in Großbuchstaben an die Tafel; er hakt sofort ein: „Was verstehst du darunter? Erkläre das Wort". Ich bin plötzlich sehr verlegen, ich weiß die Bedeutung nicht. Geier sagt höhnisch: „Er weiß es nicht, aber er schreibt es auf und hat keine Ahnung." Sein Spott tut mir weh. „Wo hast du das Wort aufgeschnappt?" Ich sage betreten: „Mein Vater sagt, wir brauchen jetzt Volkswirte."

Einige der Klassenkameraden grinsen schadenfroh.

Der Geier stellt fest: „Es dauert zu lange, euch die Bedeutung von Volkswirt zu erklären. Das nächste Wort!"

Gedanken schießen mir wie Blitze durch den Kopf; er hat mich vor der ganzen Klasse blamiert, ich muss die Lacher auf meine Seite bringen und schreibe „VOLKSLIED".

Geier fragt harmlos: „Wie definierst du das Wort?"

Ich sage, ohne zu zögern: „Das sind Lieder für kleine Mädchen" alle lachen, das ist angekommen!

Geier: „Du Schlaumeier, wieso nur für kleine Mädchen und nicht für Jungs?"

Ich sage ganz gelassen: „Lieder für Jungs sind Marschlieder."

Er wird ungeduldig, geht darauf nicht ein und verlangt mein nächstes Wort. Ich bin schon gedanklich vorbereitet und sage: „VOLKSTANZ".

Geier: „Was sagt das Wort aus?"

Ich sage recht laut, vor allem für die Klasse „Das ist Ringelpiez mit Anfassen."

Die Mitschüler lachen laut und Geier ist wütend: „Bursche, werde nicht frech, sonst..." Und er hebt drohend seine Hand, aber er besinnt sich und verlangt ein richtig positives Wort „ohne Blödsinn," wie er sagt.

Ich bin recht vorsichtig und sage „VÖLKER-BALL".

Die meisten Schüler grinsen, aber er ist mit dem Wort einverstanden und verlangt keine Definition. Schade, die wäre gerade so einfach zu geben.

Er weist mich an, meine Wortsammlung mit negativer Bedeutung an die Tafel zu schreiben, während er die Blätter bei den anderen Schülern einsammeln lässt. Ich versuche beim Schreiben an der Tafel die Worte zu ordnen, sodass sie möglichst miteinander eine Art Verbindung ergeben. Zehn Stück bekomme ich zusammen. Der Geier dreht sich zu mir, zur Tafel um, überfliegt meine Stichworte, brummt scheinbar zustimmend und sagt: „Bitte, begründe der Reihe nach, warum die Worte für dich eine negative Tendenz haben." Bitte kurz, die Stunde ist gleich um." Darauf bin ich vorbereitet, weil ich das erwartet habe. Ich beginne fließend:

Volksdeutscher
weil er kein Reichsdeutscher ist

Volk ohne Raum
weil das Volk zum Eroberer wird

auserwähltes Volk Gottes
weil es nur für Juden galt

Völkerschlacht
weil es so viele sinnlos Gefallene gab

Völkischer Beobachter
ein Nazi-Propaganda-Blatt

Volkssturm
weil er nur ganz junge und ganz alte
Soldaten hatte

Volksgerichtshof
dort hängt man die Leute auf

Volksfront
viele Kommunisten

Volkspolizei
gefährliche Leute

Volkseigener Betrieb
weil er allen und keinem gehört

Ich bin am Ende der Aufzählung.

Ich schaue dem Geier ins Gesicht, er schluckt und schaut mich interessiert an, zum erstenmal. Da klingelt die Pausenglocke.

Die Schüler stürmen aus dem Klassenzimmer. Auch ich will von der Tafel weg und hinterher, mache ein paar Schritte zur Tür hin, da ruft der Geier:

„Halt, komm mal her!" O weh, denke ich, jetzt gibt es eine Strafe. Aber nein. Er schaut mich nachdenklich an und fragt gelassen: „Wo hast du nur diese komplizierten Worte her? Wieso kommst du nicht auf Volksschule oder Bienenvolk?"

Ich sage: „Die sind so einfach."

Er sagt: „Hast du überhaupt verstanden, was ich euch mit dem Begriff „Volk" beibringen wollte?"

Ich überlege und antworte: „Ja, Herr Studienrat."

Er: „Na, was wollte ich euch mit dem Begriff sagen?"

Ich zögere etwas, dann sage ich sehr mutig: „Sie wollen sagen: Ein Volk, ein Reich, ein Führer."

Er wird wütend: „Raus mit dir!"

Schwarzbraun ist die Haselnuß

Auf der Oberschule für Jungen haben wir 1946 viel zu wenige Lehrkräfte. Viele Lehrer sind in Kriegsgefangenschaft, vermisst oder gefallen. Die wenigen, die der Schule zur Verfügung stehen, müssen Überstunden machen; notgedrungenerweise unterrichten sie auch am Nachmittag.

Unsere kurze Mittagspause ist vorbei. Ich schaue auf den Stundenplan. Die nächste Stunde ist Musik. Na, das wird lustig. Unser Musiklehrer ist ein richtiger Spinner, keiner nimmt ihn ernst.

Er heißt Hauser, aber weil er gut Geige spielt, hat er sich einen Künstlernamen zugelegt. Er nennt sich „HARUS", wie unser Bernadinerhund, den wir vor dem Krieg besaßen. Meine Phantasie arbeitet. Auf dem Weg zum Musikraum dichte ich einen Spottvers: „Harus, Harus, wau, wau, wau!" Als meine Schulkameraden das hören, stimmen sie sofort mit ein, und es tönt über den Schulhof: „Harus, Harus, wau, wau, wau!" Dabei hüpfen wir von einem Bein auf das andere und wiederholen den Einzeiler mit spöttischem Vergnügen.

Im Musikzimmer angekommen, beginnt unter uns eine harmlose Rauferei. Schwämme, Tafellappen, Kreide fliegen durch das Klassenzimmer, ohrenbetäubender Lärm, alle lachen, schreien und toben.

Plötzlich reißt jemand ruckartig von außen die Klassentür auf, ein Luftzug entsteht, wir blicken zur Tür. Im Türrahmen steht Studienrat Hauser alias Harus wie zum Denkmal erstarrt. Aller Lärm unter uns ist verstummt. Alle blicken ihn an, er füllt mit seiner großen, schlanken Gestalt fast die ganze Türöffnung aus.

Ich denke: Was kommt jetzt?

Er aber fixiert uns mit seinem durchdringenden Blick und hält dabei seinen Zeigefinger an den Mund. Ich denke, das soll wohl „Ruhe" heißen. Aber er hat tatsächlich Erfolg mit seinem Zeigefinger; es herrscht Ruhe in der Klasse, und alles blickt auf ihn.

Er aber schwingt seinen Kopf, seine Künstlermähne fliegt zurück, und er geht langsamen, schleichenden Schrittes, durch die Bankreihen nach vorn zum Klavier. Wir schauen alle gebannt hinter ihm her. Was kommt jetzt?

Plötzlich dreht er sich blitzschnell zu uns um, schaut uns durchdringend an und sagt: „Jungs, nächste Woche gebe ich mein erstes Violinenkonzert nach dem Krieg. Ihr müsst alle kommen. Ich spiele auf dieser Buttergeige. Wisst ihr, warum ich sie Buttergeige nenne? Weil sie so weich, ganz weich wie Butter klingt." Und er hat mit einem Griff seinen Geigenkasten geöffnet, die Geige und den Bogen ergriffen und streicht ein paar Töne, mal hoch, mal tief, und sagt: „Gel, sie kratzt überhaupt nicht -- klingt wie Butter auf's Brot --, oder hört ihr einen falschen Ton?"

Wir hören nichts, es herrscht eine peinliche Stille in der Klasse, und er schleicht durch die Bankreihen und stimmt dabei seine Fiedel nach. Dann legt er sie vorsichtig im Geigenkasten ab und sagt: „Apropos Butter. Ihr habt ja schon gemerkt, dass ich mit meinen Händen und Füßen Schwierigkeiten habe, ich muss sie ununterbrochen bewegen, weil ich Nervenschmerzen habe, und dagegen hilft nur Butter, gute Butter. Also, jeder der mir Butter mitbringt, erhält von mir eine Freikarte für mein Konzert."

Ich denke, dieser Spinner, wo sollen wir bei der Lebensmittelknappheit ohne Lebensmittelmarken wertvolle Butter herkriegen?

Er fährt fort: „Na ja, wenn es keine Butter gibt, würde es auch ein Katzenfell tun. Aus dem Katzenfell könnte ich mir Handschuhe, Fäustlinge machen, das soll angeblich die Nerven beruhigen. Wenn also einer von euch mir wenigstens ein Katzenfell besorgen könnte, das wäre wunderbar."

Es meldet sich ein Schüler: „Herr Studienrat, darf es auch eine tote Katze sein?"

Alle lachen, die Stille von vorhin ist gebrochen. Die Frage ist natürlich als ein Witz gedacht, aber Harus reagiert vernünftig und ganz ernst: „Natürlich mein Junge, bringe mir eine tote Katze mit, ich ziehe mir das Fellchen schon selber ab und mache mir ein paar Fäustlinge daraus."

Die Klasse ist erneut sprachlos. Der glaubt tatsächlich, dass wir ihm zuliebe eine Katze totschlagen. Es herrscht betretene Stille unter uns.

Ich denke: Was ist das nur für ein Mensch?

Mal spinnt er, mal kann er ganz vernünftig sein und uns sogar unterrichten.

Mit einem Hauch von schlechtem Gewissen überlege ich noch, ob wir diesem Künstler „Harus" Unrecht tun, da ruft er theatralisch: „Schluss mit den Katzen, die Fliegenfußnotation lassen wir heute ebenfalls links liegen. Wir machen heute eine Singstunde und vorher wollen wir uns einsingen, versteht ihr, einsingen. Und er singt die Tonleiter vor: „Do Re Mi Fa...", und wir singen nach. Dann kündigt er einen Kanon an, den wir schon öfter gesungen haben: „Lasst doch der Jugend, der Jugend ihren Lauf." Er teilt nach Bankreihen drei Gruppen ein, schlägt auf dem Klavier den Anfangston an, und wir beginnen gelangweilt den naiven Text zu singen. Übertrieben mit dem Arm schwingend, gibt er jeder Gruppe den Einsatz; der Text kommt uns allen etwas blöd vor. Ich singe bewusst falsch, und es klingt schauerlich.

Harus bricht den Kanon mit einer fuchtelnden Armbewegung ab und sagt linkisch: „So geht das nicht, was ist los, macht euch das Singen keinen Spaß? Das gibt doch, wenn man es richtig melodisch singt, eine wunderbare versetzte Harmonie im Dreiklang, ein..., ein...", er sucht das richtige Wort - „ein wunderbares Mixtum compositum. Also, was gefällt euch daran nicht?"

Schweigen, und ich denke: „Sonderbar, jetzt wirkt er wieder ganz normal und nicht verrückt. Ist er nun übergeschnappt oder nicht?"

Mitten in meine Überlegungen hinein meldet sich der Klassensprecher. Wir haben ihm zu diesem blöden Kanon schon vor der Singstunde unseren Protest eingeschärft. Er sagt: „Das Lied taugt nichts, Herr Studienrat, es ist ein Lied für Mädchen, wir aber sind auf einer Jungenschule, können wir nicht etwas anderes singen?"

Er stutzt, tut ganz erstaunt und macht ein unschuldiges, fast theatralisches Gesicht. Ich denke, jetzt hat er wieder einen Anfall.

Er: „Verstehe ich nicht, der Text ist doch sinnreich, oder? Lasst doch der Jugend ihren Lauf... ihr seid doch die Jugend, ihr wollt doch freien Lauf, oder etwa nicht?"

Unser Klassensprecher steht nochmals mutig auf: „Herr Studienrat, wir protestieren, wenn wir schon singen müssen, wollen wir ein Lied für Jungs singen."

Harus hämisch: „Was verstehst du Protestant unter einem Jungenlied? Nun sag's schon."

Unser tapferer Klassensprecher gibt nicht auf, er sagt stotternd: „Ein Marschlied, Herr Studienrat."

Harus: „Da sieh mal an, ein Marschlied also, weißt du denn nicht, dass Marschlieder Nazilieder sind, he! Marschlieder sind verboten. Aber ich hätte das wissen müssen, ihr wart alle Pimpfe beim Jungvolk, und da hat man euch diese Marschlieder eingebläut."

Jetzt fühle ich, dass wir unserem Klassensprecher beistehen müssen, sonst zählt dieser Blödmann Harus ihn richtig aus, und ich springe, ohne mich zu melden, auf und sage: „Herr Studienrat, Sie haben Recht, wir waren alle Pimpfe beim Jungvolk, aber diesen Kanon haben die Mädchen beim BDM* gesungen."

Er: „Ah, ich verstehe, es ist also ehrenrührig, ein Mädchenlied zu singen. Gut, wenn ihr mir ein Marschlied benennen könnt, das kein Nazilied ist, dann singen wir ein Marschlied! Also?"

Ich überlege blitzschnell und sage auf Verdacht: „Schwarzbraun ist die Haselnuß."

Er stutzt.

Ich begründe meinen Vorschlag: „Nach dieser Melodie kann man gut marschieren."

Er überlegt laut: „Ja, ist das nun ein Nazilied oder ist es keines? Die Farbe braun ist ja eine Nazifarbe, aber hier in dem Lied ist wohl die Haarfarbe gemeint und schwarz, na ja, war auch eine Nazifarbe, aber schwarzbraune Haare angeblich nicht, sie wollten alle blond sein -- nur Zigeuner waren schwarzbraun und die armen Zigeuner saßen im KZ. Ja, dann dürfte das auch kein Nazilied sein." Na schön, entscheiden wir das nach den neuen Regeln der Demokratie. Wir stimmen ab. Wisst ihr, wie das geht? Wer für den Kanon ist, hebt seine Hand und wir zählen. Wer für das Marschlied ist, hebt seine Hand und wir zählen erneut." Dann vergleichen wir die Anzahl der Handzeichen und die Mehrheit gewinnt.

Ich denke, na so was habe ich in der Schule bisher nicht erlebt, die Lehrer haben doch immer befohlen, was gemacht wird. Das ist ganz was Neues.

Bei der Abstimmung fällt mir auf, dass einige Klassenkameraden, die noch in der Mittagspause gegen den Kanon waren, umkippen und für den Kanon die Hand heben. Das sind echte Verräter, haben keinen Mut!

Für das Marschlied entscheiden sich dennoch die meisten, ich bin von diesem System sehr angetan. Die Mehrheit entscheidet, das finde ich gerecht, gefällt mir!

Harus sagt: „Also gut" und zu mir gerichtet, „du hast es vorgeschlagen, also stimme du das Lied an, ich gebe dir auf dem Klavier den Ton."

Wir singen sofort los, alle kennen den Text, dazu stampfen wir begeistert mit den Füßen unter den Bänken den Marschtakt.

Unserem Studienrat gefällt der Gesang, und er dirigiert mit seinem Fiedelbogen, dann spielt er mit seiner Buttergeige die zweite Stimme zu unserem Marschlied.

„Schön, sehr schön", ruft er, „jetzt macht euch das Singen wieder Spaß, gel. Ich bin sehr einverstanden, dass das blonde Zeitalter und der nordische Mensch als Idol tot sind."

Später denke ich: Dieser Lehrer kann nicht verrückt sein, er hatte doch die wilde Klasse im Griff, oder?"

Schlussgedanke

Schwarzbraun ist die Haselnuß,
schwarzbraun bin auch ich,
schwarzbraun muss mein Madel sein,
gerade so wie ich.

Kernig ist die Haselnuß,
kernig bin auch ich,
wenn ich eine freien tu,
muss sie sein wie ich.

Ein Mann fragt: „Ist das nicht ein
schönes, deutsches Volkslied?"
Seine Frau antwortet: „Es kommt
darauf an, wer es singt."
Der Mann denkt nach: „Gefällt dir
etwa der Text nicht?"
Die Frau: „Mich stört dieses Muss;
warum muss sie sein wie er?"

Der rote Assessor

Einige Häuser sind so hellhörig, dass man meinen könnte, sie seien aus Pappe gebaut. Wir wohnen in so einem Haus im ersten Stock, und so kriege ich vieles von unten und von oben mit.

Wenn ich am Nachmittag Hausaufgaben mache, höre ich ununterbrochen Baugeräusche vom Dachboden über mir. Die Wohnungs-AG baut das Dachgeschoss zu einer Mansardenwohnung aus. Es ist zu laut, um sich bei Mathematikaufgaben zu konzentrieren. Abends, wenn die Handwerker oben über mir Feierabend gemacht haben, höre ich von unten ein intensives Stimmengewirr, aber noch häufiger einen Redner mit einer markanten Stimme, die keine Unterbrechung duldet. Das geht so, bis ich einschlafe. Noch sind das für mich zwei unabhängige Belästigungen, aber ich ahne nicht, wie rasch sich zwischen oben und unten ein Zusammenhang ergeben wird.

In den ersten Schuljahren auf der Oberschule haben wir nur Englisch als Fremdsprache gelernt. Jetzt, seit einem Monat kommt Französisch dazu und das heißt andere Vokabeln, neue Laute und andere Grammatik.

Unser Französischlehrer ist ein imposanter, großer, breitschultriger Mann, der mich von seiner Kleidung her an einen Landedelmann erinnert. Er trägt ständig Reitstiefel und ein grünes Jackett mit aufgesetzten Taschen und braunen Lederknöpfen. Er steht meistens wie ein Denkmal vor der Klasse, setzt sich niemals und deklamiert französische Aussprüche theatralisch betont, sodass die Mädchen ständig kichern. Wenn wir ihn mit „Herr Studienrat" anreden, sagt er fast beleidigt: „Ich bin kein Studienrat, ich bin noch Assessor."

Wir kennen natürlich den Unterschied nicht. Für uns hat das auch keine Bedeutung. Hauptsache der Lehrer ist väterlich und nett.

Die zweite Fremdsprache ist für uns eine unerwartete zusätzliche Belastung. Es heißt nunmehr, nicht nur englische, sondern auch französische Vokabeln lernen, das kostet Zeit. Manches Fußballspiel fällt aus. Unser Assessor hat für unsere neue Situation volles Verständnis. Er drückt beim Lehrstoff nicht aufs Tempo. Im Gegenteil, er erzählt sehr interessant von seiner Studienzeit in Frankreich, von seiner Dolmetscherzeit während des Krieges in Paris und von den Menschen dort und ihrer Lebensart; wir singen die „Marseillaise" und er baut geschickt wichtige Vokabeln in seine Erzählungen ein. Dann regt er uns an, seine Geschichten mit unseren wenigen französischen Worten wiederzugeben. Das gelingt uns natürlich selten, aber dort, wo wir stecken bleiben, hilft er mit Worten aus. Er beweist viel Verständnis für uns, wir schätzen in sehr. Einmal versagt er aber und lässt uns im Stich. So empfinde ich das jedenfalls.

Obwohl es heißt, dass über jede englische Lektion eine Klassenarbeit zu schreiben ist, haben wir bei unserem Englischpauker drei Lektionen durchgearbeitet und er hat immer mit einer Klassenarbeit gedroht, aber sie weggelassen.

Morgen nun ist es so weit, und wir wissen, dass es auf eine gute Zensur ankommt, weil eine Verbesserungsmöglichkeit nicht gegeben ist. Da verkündet unser Assessor überraschend, dass er morgen auch eine Klassenarbeit schreiben lassen will.

Die Klasse ist entsezt.

Die letzte Möglichkeit, um heute Nachmittag zu wiederholen, muss also geteilt werden - Französisch und Englisch.

Wie soll das gehen, was soll dabei herauskommen? Der Assessor erntet Einwände, Proteste, Bitten um Verschiebung, wenigstens um zwei Tage, aber er bleibt unerbittlich hart. Hört sich alles an und sagt ganz vage:

„Na, mal sehen, ihr wisst doch, das wird bei mir nicht so schlimm werden."

Diese Bemerkung ruft die Klasse auf den Plan. Für uns heißt das, er hat seinen Vorsatz, morgen eine Französischarbeit schreiben zu lassen, nicht fallen lassen, obwohl wir eine Stunde nach seinem Unterricht eine schwere Englischarbeit schreiben, müssen.

Wir halten einen Kriegsrat, eine Schülerkonferenz. In unserer Schule ist es nicht erlaubt, zwei Arbeiten in Hauptfächern am gleichen Tag schreiben zu lassen.

Wir beschließen also:

Wenn dieser sture Assessor vor der Englischarbeit uns eine Französischarbeit abverlangt, weigern wir uns geschlossen und schreiben einfach nicht mit.

Das heißt für alle Schüler der Klasse: Heute Nachmittag lernen wir nur für die morgige Englischarbeit.

Die Französischstunde am nächsten Tag beginnt zu unserem Entsetzen damit, dass der Assessor leere Blätter austeilen lässt und eine Namensbeschriftung verlangt. Der Klassensprecher trägt ihm sofort nochmals unseren Protest vor und verkündet, dass wir uns geschlossen weigern, das angekündigte Diktat mitzuschreiben. Er schmunzelt und glaubt wohl an einen Schülerstreich. Aber uns ist es ernst, alle bestätigen das.

Auf seine Frage hin, wer nicht mitschreiben will, heben alle die Hand.

Er meint gelassen: „Wenn ihr gerade eine so entscheidende Abstimmung getroffen habt, muss das auch eine namentliche Abstimmung sein. Deshalb schreibt ihr eure Namen oben auf den Zettel und ich lese euch den Text des Diktates einmal langsam Satz für Satz und zum Schluss insgesamt vor. Wer nicht mitschreiben will, soll es bleiben lassen, der kann ein leeres Blatt abgeben, ich aber tue meine Pflicht als Lehrer und diktiere."

Und er beginnt französisch zu diktieren.

Ich schaue mich um und erschrecke. Einer nach dem anderen beginnt zu schreiben. Das also sind meine großmäuligen Klassenkameraden, das nennen die Worthalten, alles Umfaller!

Bei der Wiederholung des Diktattextes schreiben, vervollständigen, korrigieren alle bis auf mich. Ich bin innerlich in Panik, was soll ich tun?

Nein, ich weigere mich, ich tue das nicht, ich stehe zu meinem Wort. Dieser raffinierte Assessor, dieser Hund, er hat uns reingelegt. Für mich heißt das, ich habe nicht mitgeschrieben und kann froh sein, wenn er mir nicht eine „Sechs" verpaßt. Ich bin sehr empört und den Tränen nahe. Das nenne ich Verrat von allen.

Ich nehme meinen ganzen Mut zusammen und gehe demonstrativ nach vorne zu diesem „halben Studienrat". Vor ihm stehend, sage ich:

„Ich protestiere, wenn auch als einziger, aber ich bin kein Wortbrecher, ich halte mein Wort."

Er sieht mich sehr nachdenklich hinter seinen Brillengläsern an und sagt:

„Na schön, wenn es dir so wichtig ist, aber wir sprechen noch darüber, unter vier Augen."

Natürlich verhaue ich, bedingt durch meine innere Erregung, in der folgenden Stunde die Englischarbeit. Heute kann es für mich kaum noch schlimmer kommen.

In den nächsten Tagen gehe ich diesem falschen Franzosen aus dem Weg. Aber ich weiß, dass ich meine Zensur nunmehr bei ihm verbessern muss. Ich möchte auch lernen, aber dieser Krach im Hause, mal oben, mal unten, ist unerträglich. Unter uns in der Wohnung wird heute sogar gefeiert. Sie haben außen an der Fassade zwischen ihren Fenstern ein Schild angebracht. Es ist schon zu dunkel, um es zu lesen, aber am nächsten Morgen erschrecke ich. Da steht auf einer roten Tafel:

„Deutsche kommunistische Partei" - Ortsverband Salzgitter.

„O Gott" denke ich, wir sind aus der Sowjet-Zone vor dem Kommunismus geflohen und jetzt wohnen diese Fanatiker hier unter uns. Meine Mutter ist ebenfalls sehr entsetzt, aber was sollen wir nur unternehmen. Bei der Wohnungsnot sind wir so glücklich, dass man uns gerade diese Wohnung zugewiesen hat. Sie hat immerhin vier Zimmer für fünf Personen, ein Luxus. Und jetzt diese entsetzliche Erkenntnis. Die von mir gehörten Reden, vor allem wenn sie abends durch den Fußboden schallen, sind also Parteireden. Deshalb sprechen sie so viel von Kapitalismus, von Lenin und Marx.

Das Alltagsgeschehen verdrängt diesen Donnerschlag, zumal der Assessor die französischen Diktate benotet zurückgibt. Er bespricht die Fehler der anderen Schüler. Meinen Namen ruft er bis zum

Schluss der Stunde nicht auf. Dann winkt er mich heran, während die anderen, wie mir scheint, etwas schuldbewusst an mir vorbei, das Klassenzimmer verlassen. Er blickt mich amüsiert an und fragt väterlich:

„Du hast also gestreikt. Weißt du überhaupt, was ein Streik ist?"

Ich höre dieses Wort zum ersten Mal (zweite Mal am 17. Juni).

Er fährt fort: „Ein Streik ist ein Protestmittel der unterdrückten Klasse gegen Ungerechtigkeit und Ausbeutung. Es ist eine Arbeitsverweigerung mit formulierten Bedingungen. Ein Streik ist aber auch eine gefährliche Sache, er kann sich ausweiten, dann wird es ein Generalstreik. Wenn keiner der Parteien nachgibt, kann aus einem Streik eine Revolution werden. Da gibt es das Beispiel der Französischen Revolution 1789 und das der russischen Oktoberrevolution, wo das Proletariat über den Kapitalismus gesiegt hat, weil die Streikanführer Lenin und Trotzki nicht nachgegeben haben. Wer weiß, vielleicht hast du auch das Zeug zu einem Streikanführer. Jedenfalls hast du Mut bewiesen und bist deinem Vorsatz treu geblieben, das möchte ich vor allem werten. Ich will die Angelegenheit vergessen, wenn du mir versprichst, niemals mehr in der Klasse zum Boykott aufzurufen."

Er gibt mir freundschaftlich die Hand, ich kann gehen. Und ich bin wie benommen:

Was hat er mir da von Lenin und Trotzki erzählt? Sehr eigenartig, sehr sonderbar, natürlich begreife ich, was er mir sagen wollte. Ein Streik, ganz gleich um welche Arbeitsniederlegung es sich handelt, kann sich schnell ausweiten. Hinterher hätte womöglich die gesamte Oberschule gestreikt. Und bei diesem Gedanken muss ich lachen.

Lustige Vorstellung - Schüler gegen Pauker.

Aber sein Vergleich mit der kommunistischen Oktoberrevolution lässt mich nicht los, er macht mich irgendwie misstrauisch.

Wochen vergehen, über unserer Wohnung werden die Baugeräusche weniger. Die Mansardenwohnung geht der Fertigstellung entgegen.

Jetzt, mit mehr Ruhe im Hause, versuche ich, in Französisch auf den Klassendurchschnitt zu kommen. Das will mir nicht recht gelingen, weil ich mich bei diesem sonderbaren Assessor nunmehr mündlich nicht mehr beteilige. Ich habe so etwas wie eine innere Blockade, mich zu melden und die Hand zu heben. Aber ich tröste mich mit dem Gedanken, dass auch einige Klassenkameraden in Französisch schwach sind. Vor jeder Französischstunde stehe ich wie vor einem Berg. Dazu sagt meine Mutter:

„Kommt der Berg nicht zum Propheten, kommt der Prophet zum Berg."

Und tatsächlich, so geschieht es.

In der Hofpause kommt der Assessor auf mich zu und tut so leutselig und sagt: „Na, wie geht es meinem Streikanführer?" Dabei schmunzelt er, und ich kriege wieder meine Antihaltung.

Er weiter: „Gestern habe ich mir in eurem Haus oben die neue Mansardenwohnung angesehen, sie ist für meine Frau und mich groß genug und hat eine schöne Aussicht.“

Ich begreife. Mir wird ganz heiß. Der wird doch wohl nicht bei uns einziehen wollen, bloß nicht!

Er aber fragt weiter: „Sag mal, mein Junge, wer wohnt noch so alles in den anderen zwei Wohnungen?“

Zur Abschreckung sage ich wie aus der Pistole geschossen: „Unten ist die Ortsgruppe der KPD!“

Das wirkt bei ihm überhaupt nicht. Er zeigt sich weder entsetzt noch überrascht, sagt nur: „Ja, das weiß ich, aber die anderen Mieter, sind das ruhige Leute?“

Da meldet die Glocke das Pausenende, und er beschließt unser Gespräch mit der Bitte:

„Du musst mir berichten, wie der Ausbau über euch vorangeht. Wann die Maler kommen und ob der Installateur fertig ist.“

Oh, du lieber Himmel, denke ich. Der will ernstlich bei uns einziehen. Allmächtiger, ein Lehrer im Haus, ständige Überwachung, ständige Beobachtung. Wie soll das nur werden? So einen Fall gab es in meinem Leben noch nicht. Ich erzähle das gleich meinem engsten Schulfreund, Heimann. Und er sagt:

„Pass mal auf, uns wird schon was einfallen. Notfalls ekeln wir ihn wieder raus.“

Da kommt mir ein Gedanke: Er darf erst gar nicht einziehen. Er sagt, er sei geräuschempfindlich, das ist die Lösung. Ich trete sofort dem Schulorchester bei, die brauchen noch einen Trompeter. Ich will Trompete blasen lernen. Bei dem Gedanken grinse ich schelmisch.

Heimann meint: „Damit musst du aber sofort beginnen und achte darauf, wenn er die Wohnung besichtigt, blase laut und falsch, übe wie verrückt."

Leider gibt es im Schulorchester kein Instrument, man muss selber eines besitzen. Aber bei der evangelischen Gemeinde erhalte ich sofort nach Beitritt zum Posaunenchor ein Flügelhorn und beginne schon am nächsten Tag mit dem Üben. Die Tonleitern übe ich mit dem Chorleiter, Pastor Stracke, im Gemeindehaus. Zu Hause, abends, wenn unter uns die Parteiversammlungen beginnen, beginne auch ich zu blasen und übe: Lobe den Herren, den mächtigen König. Das macht mir diebischen Spaß. Der „Herrgott" wohnt über Marx und Lenin.

Die Kommunisten unter uns ärgern sich deutlich und klopfen mit einem Besen gegen die Decke. Wenn sie sich bei meinen Eltern beschweren, sagen diese:

„Wieso, unser Junge hält doch die Mittags- und Nachtruhe ab 22 Uhr ein."

Aber mein lautes Blasen ist ja auch mehr für den Assessor gedacht, nur wann kommt er denn vorbei. Ich gehe zu ihm, berichte vom Fortschritt in der Wohnung und frage harmlos, wann er sich die Wohnung ansehen will. Er legt sich aber zeitlich nicht fest und das ärgert mich. Nach Tagen zieht er plötzlich mit Möbeln und Hausrat ein. Ich bin enttäuscht, meine Taktik hat sich nicht bewährt.

Aber von der Trompete muss er etwas mitbekommen haben. Nach der nächsten, schlecht ausgefallenen Französischarbeit fragt er mich:

„Sag mal, du lernst neuerdings Posaune oder Trompete, das ist doch sehr zeitaufwendig, du musst dir mehr Zeit für Französisch nehmen. Dieses Trompeteblasen bringt dich im Leben nicht viel weiter, aber die französische Sprache schon. Pass auf, ich mache dir einen Vorschlag:

Ich gebe abends an der Volkshochschule Französisch für Anfänger. Das kostet im Semester nur ein paar Mark und ist viel billiger als Nachhilfestunden. Das wäre für dich sehr nützlich. Dienstags und donnerstags von 20 - 21.30 Uhr. Drei bis vier Schüler könnte ich noch gebrauchen."

Na, und ich mache mit, weil ich's nötig habe.

Viel zu spät merke ich, dass gerade an diesen Abenden unten Parteiversammlungen stattfinden, die ich mit Blasen nicht mehr stören kann. Das ist das zweite Mal, dass dieser verkrachte Assessor mich reingelegt hat. Das sitzt bei mir tief, das werde ich ihm nicht vergessen.

Mein Freund Heimann und noch zwei andere Schwächlinge in Französisch nehmen an den Abendstunden der Volkshochschule interessiert teil. Wir lernen auch etwas dazu, aber das Trimester ist nach einem Monat beendet, weil wir mittendrin eingestiegen sind. Für das neue Trimester schlägt unser Assessor Folgendes vor:

Aus Gründen der Bezahlung für seinen Aufwand müsse er zwei Fächer lehren, eines sei zu wenig. Er werde also noch Alt-Philosophie lesen und das Französisch für Anfänger mit der Philosophie zeitlich hintereinander bringen. Es bestünde für uns die Möglichkeit, Alt-Philosophie mitzubelegen. Und wenn sich für die Philosophie nicht genug andere Teilnehmer melden, würde er gleich mit Französisch beginnen, sodass wir anstelle einer, bei ihm zwei Stunden haben könnten, ohne mehr zu bezahlen. Uns leuchtet das ein und ist finanziell verlockend.

Das Trimester beginnt. In Philosophie behandeln wir bei ihm nur Sokrates und Platon und unmerklich sind wir am dritten Abend bei Hegel und am vierten Abend bei Marx und Engels und am fünften erläutert er uns das Buch „Das Kapital" und die Thesen von Produktionsverhältnissen und Produktionsmitteln. Dann sind wir beim Proletariat, welches ausgebeutet wird und der Kapitalismus kommt schlecht dabei weg. Wir hören unserem Assessor, der nun wieder durch die Vorlesungen in unserer Achtung gestiegen ist, sehr interessiert zu, weil wir doch alle insgeheim Weltverbesserer werden wollen. Die Französischstunden werden immer kürzer, die Philosophie nimmt uns mehr und mehr in Beschlag.

Als eines Tages Mutter von ihrem kargen Wirtschaftsgeld mir die Gebühren für die VHS mitgeben soll und nach dem Lernerfolg fragt, und ich ihr von den marxistischen Thesen berichte, ist sie entsetzt. Sie sagt rundheraus: „Dieser Lehrer ist doch ein Kommunist. Der bildet euch heimlich zu einer Art kommunistischer Zelle aus, das ist ja empörend."

Und sie läuft unverzüglich zu Frau Heimann, der Mutter meines Freundes, und die beraten, sie ziehen auch die anderen zwei Mütter bei. Und als die Empörung sich legt, dürfen wir die VHS abends nicht mehr besuchen.

Meine Mutter fragt aber nach, was mir noch so aufgefallen sei. Und da fällt mir ein, dass mein toller Assessor von oben in den Abendstunden öfters nach unten geht, aber er ist weder im Keller, noch tritt er auf die Straße hinaus: Also geht er in die Parteizentrale der KPD.

Das will ich jetzt genau wissen. Beim nächsten Mal gehe ich fast gleichzeitig hinter ihm her in den Keller und kann genau sehen, wie er das Parteibüro betritt. In der Hand hält er ein Büchlein, das müsste, so hat man es uns später erklärt, ein Parteibuch zum Einkleben von Mitgliedsmarken sein.

Als wir zu seinen Abendvorlesungen nicht erscheinen, fragt er uns nach dem Grund:

Wahrheitsgemäß sagen wir, dass es uns unsere Eltern verboten haben, und er sagt dazu zynisch:

„Dann waren eure Eltern bestimmt auch beim Schulamt.“

Ich weiß es, dass Frau Heimann und die beiden anderen Mütter dort waren und gegen die kommunistische Beeinflussung ihrer Söhne protestiert haben. Meine Mutter war wegen des Friedens in der Hausgemeinschaft nicht dabei. Aber sie schimpft ebenfalls ununterbrochen auf diesen gottlosen Kommunisten, diesen Jugendverführer, und das beginnt bei mir zu wirken.

Man muss etwas dagegen unternehmen. Ich muss mich mit Heimann beraten. Wir gehen viele Möglichkeiten durch, um diesen Kommunisten aus dem Haus herauszuekeln. Das geht ja nur mit einer Art Psychoterror, aber wie?

Als wir am Sicherungskasten im Hauseingang vorbeigehen, kommt mir der zündende Einfall: Abends Sicherungen herausdrehen und wegwerfen. Dann sitzt dieser Kommunistenlehrer im Dunkeln, denn neue Sicherungen kriegt er erst am folgenden Tag. Mit Heimann bespreche ich die genaue Handhabung und Vorgehensweise. Der Sicherungskasten ist unverschlossen und vor der Kellertreppe im Hausflur montiert, sodass, wenn man nach Herausdrehen der Porzellansicherungen auf die Straße läuft, man zwangsläufig gesehen wird. Läuft man aber in den Keller, kann man sich verstecken oder den Hinterausgang in die Schrebergärten benutzen.

Also, der erste Versuch wird von Heimann und mir gestartet. Als es dunkel wird, öffnen wir leise die Tür am Kellereingang und Kellerausgang. Dann hören wir aus dem Keller in den Hausflur hinein, ob alles ruhig ist. Und dann ein Sprung zum Sicherungskasten, zwei Schraubverschlüsse herausgeschraubt und ab durch den Keller, dabei Türen schließen.

Natürlich sind wir sehr aufgeregt, wir kommen uns wie Diebe vor, aber Rache muss sein. Und dann laufen wir durch die Schrebergärten und werfen die Porzellansicherungen weit weg. Alles geht gut. Und auch noch am nächsten Tag gibt es im Hause keine Reaktion.

Heimann und ich beratschlagen genauer, präziser. Wir werden diese Aktion fortsetzen. Allerdings nur für den Kommunisten oben, nicht für das Parteibüro. Der Weg von oben zum Sicherungskasten beträgt vier Treppen. Bis der Kommunistenlehrer runterläuft, sind wir über alle Berge. Dann verabreden wir noch, wenn wir türmen, die erste Kellertür hinter uns zu verschließen. Der Schlüssel steckt ja, dann kann uns keiner folgen und auf der anderen Seite des Hauses, in den Schrebergärten, sind wir sicher.

Um das Herausdrehen der Sicherungen schneller durchzuführen, wollen wir künftig hintereinander stehen, da wir beide Rechtshänder sind und einer mit beiden Händen nicht schnell genug drehen kann.

Jetzt beginnt der echte Terror. Wir empfinden Schadenfreude - dieser Kommunist und raffinierte Verführer, oft genug hat er uns hinters Licht geführt, jetzt sitzt er oft im Dunkeln.

Unsere Kommandounternehmen zum Sicherungskasten funktionieren hervorragend. Wir sind aber so klug, das nicht jeden Tag zu machen, sondern in unregelmäßigen Abständen. Wir setzen auch mal zwei Tage aus oder machen es zwei Tage hintereinander.

Im Französischunterricht entschuldigt sich unser feiner Assessor, dass er die Klassenarbeiten noch nicht zurückgeben könne, weil er abends immer kein Licht habe. Irgendwelche Halunken würden ihm regelmäßig die Sicherungen herausschrauben. Er habe schon viel Geld für Sicherungen ausgegeben. Dabei beobachtet dieser raffinierte Lehrer die Reaktion der Schüler. Heimann und ich blicken ihn voll an. Und wir haben auch kein schlechtes Gewissen. Dieser Kommunist soll in die

Sowjetzone gehen. Das ist unsere feste Meinung. Na und abends geht es weiter, wir verändern die Zeiten und beginnen auch mal am Nachmittag. Dann fällt das Fehlen der Sicherungen erst später in der Dämmerung auf.

Jetzt müssen wir außerdem noch aufpassen, dass sie nicht unten im Erdgeschoß eine Art Wache aufstellen. Neuerdings hat der Assessor unseren Sportlehrer ständig abends zu Besuch und mir ist bekannt, dass dieser ein hervorragender 100-Meter-Läufer ist. Unsere Aktionen werden immer gefährlicher.

Unser gedeckter Rückzug durch den Keller funktioniert noch, aber ich muss irgendwie nach der Aktion wieder ins Haus. Heute bringe ich nach der Tat Heimann bis zu seinem Haus in der Parallelstraße, dann will ich ganz harmlos durch unseren Hauseingang gehen und werde von dem Assessor und dem Sportlehrer gestellt.

Sie stellen mich zur Rede:

Wo ich war, ob ich diese Gemeinheit mit den Sicherungen mache, oder ob ich weiß, wer es tut.

Nachdem ich abstreite und unschuldig tue, bitten sie mich sehr nett zu helfen, ich sei doch ein pfiffiger Bursche und sehe und höre vieles unter den Schülern. Es können ja nur böse Schüler sein. Und sie sagen, die Frau des Assessors wäre mit den Nerven so fertig, sie weint fortlaufend, weil die Drangsal überhaupt nicht aufhört. Da fühle ich plötzlich Mitleid und verspreche ihnen, mich umzuhören.

Abends im Bett gehen mir viele Gedanken durch den Kopf. Am meisten beeindruckt mich, dass die nette Frau des Assessors weint. Ich denke darüber nach, was mir der Assessor Böses getan hat. Eigentlich hat er nur geschickt seine Absichten als unser Lehrer verfolgt. Und das bisschen Marxismus- Leninismus hat mir doch wohl nicht geschadet, wo ich mich doch zu den Antikommunisten zähle, was mir meine Mutter eingeschärft hat. Jetzt weiß ich wenigstens etwas über diese Weltanschauung. Und bei der Zensur fürs letzte Zeugnis hat er mich auch nicht benachteiligt. Ich habe, obwohl ich in Französisch schwach bin, dennoch ein „ausreichend" bekommen. Warum verfolge ich ihn denn?

Ich fühle so was wie Gewissensbisse. Verfolge ich ihn nur weil er Mitglied der KPD[1] ist? Ich kann nun mal die KPD nicht leiden, weil alle um mich herum sie nicht leiden können. Mache ich denn alles den anderen nach?

Die KPD müsste ja genau so eine politische Partei sein wie die SPD oder CDU, sie ist ja nicht wie die NSDAP verboten.

Eigentlich habe ich gegen den Assessor als Mensch nichts einzuwenden. Kann nicht auch ein guter Mensch in der falschen Partei sein? Mir gegenüber ist der Assessor ein väterlicher, verständnisvoller Lehrer und ich lerne bei ihm eine Menge. Wozu also meine Wut und mein Terror mit den Sicherungen? Er muss ein politischer Idea-

---

1. (Die KPD wurde laut Urteil BVG 1956 als politische Partei verboten).

list sein. Er ruft keine Parolen und Losungen aus, er macht auch keine lautstarke Propaganda. Er muß wohl ein Weltverbesserer sein, der nach mehr Gerechtigkeit und besserer Verteilung des Einkommens für die Arbeiterklasse strebt. Eigentlich ist das ein edler Zug. Mit diesem Gedanken schlafe ich ein.

Am kommenden Morgen staunt mein Freund Heimann nicht schlecht, als ich ihm gleich zu Beginn der Schule eröffne, dass wir mit dem Klauen der Sicherungen aufhören.

Er fragt: „Warum? Die Kommunisten sind doch auch so gemein. Sie verfolgen und quälen die Menschen und schicken sie nach Sibirien."

Und ich sage: „Aber doch nicht unser Assessor, der ist doch harmlos. Du hast doch auch bei ihm in Französisch gute Fortschritte gemacht. Also ist er ein guter Lehrer - was wollen wir noch mehr?"

Eine Stunde später verkündet der Assessor, dass wir nach den bevorstehenden Ferien einen anderen Französischlehrer bekommen werden, weil das Schulamt seine Versetzung verfügt hat.

Er sagt erklärend: „Ich habe laut Schulamt untragbare, politische Ansichten."

Heimann, ich und andere Volkshochschulteilnehmer sind sehr betreten.

Sonderbar, nunmehr ist der Weggang des Assessors ein Verlust.

Fast ein Jahr vergeht. Am 17. Juni 1953 beginnt in Ostberlin ein Arbeiterstreik und wird zum Generalstreik und Volksaufstand.

Ich denke an die Worte meines Assessors. Im Westen halten viele vor Schreck den Atem an. Auf der Straße vor unserem Hauseingang höre ich viele empörte Rufe. Ich renne zum Fenster. Unten, vor dem KPD-Büro sehe ich einen kleinen Menschenauflauf.

Viele rufen empört: „Nieder mit der Sowjetdiktatur, es lebe die Demokratie."

Und sie werfen die Fensterscheiben des KPD-Büros ein und reißen das Parteischild von der Hauswand.

Den Rädelsführer, der zur Gewalt anzustiften versucht, kenne ich. Dieser kleine, drahtige Mann ist der Vater meines Klassenkameraden Klaus. Noch vor zehn Jahren war er Kreisleiter der NSDAP.

Heute steht sein Sohn unten an seiner Seite und brüllt mit: „Nieder mit den Kommunisten!"

Heute heiße ich Schwarz

Mit vierzehn beginnen meine Gedanken ständig um Mädchen zu kreisen. Manchmal träume ich von einer Schönen. In der Schule muss ich immer die eine oder die andere Kleine anschauen, sie nach Figur und Haarfarbe abtaxieren, um mit meinem Blick gleich weiter zur Nächsten zu wandern. Herzklopfen kriege ich bei keiner. Aber das änderte sich. Anfang Dezember bereiten wir, die Konfirmanden, ein Krippenspiel vor, das wir zu Weihnachten aufführen wollen. Die Rollen verteilt unser Pastor Stracke. Und als die Maria ausgesucht wird, und die Wahl auf ein blondes Mädchen mit Zöpfen fällt, weiß ich augenblicklich, ich muss der Josef werden. Ich nehme meinen ganzen Mut zusammen und rufe: „Ich möchte den Josef spielen." Dabei werde ich rot im Gesicht. Keinem scheint das aufzufallen, nur Maria fragt mich später lächelnd: „Warum bist du denn rot geworden, als du dich gemeldet hast?" Ich lächele verlegen zurück und fortan klopft mein Herz, wenn ich mich in ihrer Nähe befinde. Wir proben den ganzen Nachmittag und ich muss sie ständig bewundernd anschauen.

Am nächsten Tag, es ist die große Pause und die Mädchen spazieren untergehakt auf dem Schulhof, entdecke ich sie mit einer Freundin zusammen und sie bemerkt auch mich. Gleich tuschelt sie der Freundin etwas ins Ohr, deutet lachend auf mich und die beiden kichern. Ich aber begreife, dass sie in einer Klasse über mir sein muss; also ist sie älter. Wann haben die heute Schulschluss? Ich erkundige mich bei einem Mitschüler von ihr. Ich freue mich. Es passt, wir haben zur gleichen Zeit Unterrichtsende. Ob ich es ganz zufällig so einrichte, dass wir zusammen den Heimweg antreten?

In der letzten Stunde passe ich nicht auf, werde ermahnt und kann das Ende nicht erwarten. Pausenlos denke ich darüber nach, wie ich das anstellen soll, neben ihr zu gehen. Ich muss sofort mit dem Glockenzeichen an den Gebäudeausgang laufen und dort unter einem Vorwand auf sie warten, um dann zufällig an ihrer Seite zu gehen. Aber worüber soll ich mit ihr sprechen? Klar, über das Krippenspiel, daran hat sie sicherlich Interesse. Text, Verkleidung und so was.

Es klingelt, ich springe auf, renne als Erster zur Klassentür, bin noch vor dem Lehrer draußen und laufe in Richtung Ausgang. Ich stoße die Eingangstür auf, ich bin der Erste, aber was nun? Ich bleibe stehen und beginne in meiner Schultasche zu kramen, so als ob ich etwas suche, etwas vergessen habe. Viele laufen lärmend an mir vorbei, und ich achte beim Wühlen in der Schultasche genau darauf, ob meine Maria rauskommt. Aber es dauert lange, ich denke schon, ich habe sie verpasst. Da tritt sie mit einer Freundin aus dem Eingang. Sie sieht mich, ich krame noch intensiver in meinen Schulsachen, und sie geht an der Seite der Freundin lächelnd an mir vorbei. Ich begreife, sie geht nicht alleine nach Hause, sie hat schon eine Begleitung.

Welch ein Mist, welch eine Enttäuschung!

Aber ich fühle mich von ihr so angezogen, dass ich den beiden mit kleinem Abstand folge. Und Maria blickt sich mehrfach um und merkt deutlich, dass ich etwas von ihr will.

Und ich denke: Wenn das meine Freunde wüssten, dass ich einem Mädchen hinterherlaufe, wie ein Hund.   Schrecklich!   Aber ich kann nicht anders.

Die Situation ist aussichtslos, die Freundin an ihrer Seite stört. Ich komme an meine Maria nicht heran.

Da fällt mir ein, dass sie ja nicht Maria heißt, genau so wenig wie ich Josef heiße. Aber man kann also auch einen anderen Namen z.B. wie in einer Theaterrolle annehmen, oder?.

Meine aussichtslose Verfolgung macht mich mutlos. Ich will schon aufgeben und abdrehen. Warum? Weil ich mich schäme hinterherzulaufen.

Aber plötzlich bleiben die beiden stehen und die Freundin verabschiedet sich und verschwindet in einem Hauseingang. Ich habe keine Zeit mehr zum Überlegen, der Abstand zwischen uns verringert sich und Maria spricht mich an: „Du hast vor der Schule auf mich gewartet, stimmt's?" Ich nicke und sie sagt großzügig: „Den Rest des Weges gehen wir gemeinsam."

Ich bin der glücklichste Junge der Welt. Wir sprechen angeregt über unsere Rollen im Krippenspiel. Und als wir vor ihrem Elternhaus in Salder stehen bleiben, sagt sie: „Wir können doch öfters den Schulweg gemeinsam gehen, oder magst du nicht?"

Und ob ich mag. Ich sage: „Gleich morgen?"

Sie ist einverstanden.

Ich: „Treffen wir uns bei der Dorfeiche um halb acht?" Ich jubiliere: Das ist in meinem Leben die erste Verabredung. Ich denke noch lange über meine Maria nach. Sie heißt Jette Adam, und sie wirkt so selbstsicher, so erwachsen, sie ist schon sechzehn, und wenn sie mit ihrer Schultasche unter dem Arm geht, schwingt ihr anderer Arm kraftvoll und rhythmisch mit, was ich besonders anziehend finde. Ich muss sie ständig anschauen. Ihre warmen Augen verzaubern mich. Als ich bei der nächsten Probe in meiner Rolle als Josef sie um die Schulter fassen soll, wird mir unter der Gürtellinie warm, und ich weiß nicht, was das bedeutet. Ich weiß nur, ich begehre sie. Ich möchte sie küssen und vorsichtig an ihre Brust fassen. Aber dazu fehlt mir jeglicher Mut. Ich merke aber, sie mag mich auch. Himmel, wo könnte ich sie so richtig küssen?

Ein Freund, dem ich mich anvertraue, rät mir, mit ihr ins Kino zu gehen. Ein schöner Liebesfilm im Dunklen nebeneinander würde alle Hemmungen nehmen und man würde automatisch knutschen, so drückt er sich aus.

Also gut, denke ich, versuchen wir es. Und damit nimmt für mich das Unheil seinen Lauf.

Das einzige Kino in Lebenstedt befindet sich in einem großen barackenartigen Holzgebäude im Abschnitt V. Für die Einwohner ist das eine Art Treffpunkt. Die Menschen gehen fast alle wöchentlich ins Kino, um die tägliche Not für Stunden zu vergessen. Das Programm wird auch wöchentlich gewechselt. Zur Zeit läuft der Film „Geschichte eines Autos." Aber in drei Tagen ist ein Liebesfilm angekündigt mit Plakataufdruck:

„Zutritt nur für Jugendliche über sechzehn Jahren." Ich denke mir, so ein Liebesfilm in der letzten Reihe des Kinos im Dunklen, da möchte ich sie küssen. Dieser Film ist etwas für Jette und mich. Ich muss nur rechtzeitig Eintrittskarten kaufen, weil, gleichgültig was gespielt wird, die Vorstellungen früh ausverkauft sind. Und das mit der Altersbegrenzung muss ich lösen. Jette ist schon sechzehn und ich, ich sehe auch schon aus wie sechzehn. Aber öfters verlangen sie beim Einlass von Jugendlichen den Personalausweis. Ich werde bei einem älteren, mir bekannten Schüler, den Ausweis ausleihen. Die Ausweise sind von Hand mit Dokumententusche geschrieben und haben kein Foto zur Personenerkennung. Ich muss also nur Namen und Geburtsdatum kennen.

Alles klappt. Jette nimmt meine Einladung an. In einer Schulpause erhalte ich leihweise den Ausweis gegen mein Taschenmesser. Ich muss meinem verständnisvollen Wohltäter versichern, dass ich seine Daten auswendig lerne. Klar, ein gewisses Risiko ist dabei, aber ich habe schon mehr riskiert. Für heute heiße ich „Schwarz"

Bruno Schwarz, geboren am.....? 1931 in.....?

Ich muss im Ausweis nachsehen. Richtig, am 13. April in Jacowitze. Schwerer Name, sagt mir nichts Jacowitze. Also Jacowitze, Jacowitze, Jacowitze. Bis zur Vorabendvorstellung um 6 Uhr muss das sitzen. Das ist ja wie bei Gedichten, oft genug wiederholen, dann prägt es sich ein.

Ich bin voller Spannung und Erwartung. Ich bin mit Jette um halb sechs vor dem Kino verabredet. Ich wollte ja mit ihr viel lieber in die Abendvorstellung, weil es nach Kinoende schon dunkel ist, aber weder ihre, noch meine Eltern haben das erlaubt. Also werde ich sie in der hintersten Reihe, sobald es dunkel ist, küssen. Ich traue mich einfach.

Ich tausche meine kurze Hose gegen eine lange aus, das macht mich älter. Noch vor halb sechs bin ich vor dem Kino. Jette erscheint pünktlich. Wir reden ein paar Sätze. Sie lächelt mich an und mir wird unten so warm. Das macht mich verlegen, und ich lenke ab mit der Frage, ob sie auch ihren Ausweis dabei hat. Natürlich. Ich zeige verschmitzt auch meinen vor und sage: „Ich heiße Bruno Schwarz, geboren 13.04.31 in Jacowitze." Das sitzt im Kopf drin. Jette lacht und sagt: „Komm du Bruno Schwarz, wir gehen rein."

Ich erschrecke, an der Tür zum Kinosaal steht neben dem Platzanweiser breitbeinig und abschreckend ein Polizist in grüner Uniform, Schulterriemen und Tschako.*

Ich habe jetzt nur einen Gedanken: Nichts anmerken lassen -- blamiere dich nicht vor Jette -- spiel den Sechzenjährigen. Und schon stehen wir an der Tür. Der Polizist geht einen Schritt auf uns beide zu und fragt: „Seid ihr denn schon sechzehn?“ Wir antworten gleichzeitig: „Selbstverständlich“ und ich füge hinzu: „sonst hätten wir uns die teuren Eintrittskarten nicht gekauft.“

Das hätte ich vielleicht nicht sagen sollen. Der stramme Hauptwachtmeister blickt mich an und verlangt meinen Ausweis. Ich krame ihn, innerlich bebend, aus meiner Hosentasche hervor. Er sieht ihn sich an und fragt: „Name, Geburtstag, Geburtsort?“ Ich bin erleichtert und bete herunter: „Bruno Schwarz, geboren 13.04.31 in Jacowitze.“

Er wird nachdenklich und fragt: „Wo liegt Jacowitze?“ Als ich schweige, sagt er: „Du hast also morgen Geburtstag?“

Ich antworte voreilig: „Nein, am 1. August.“ Und gleichzeitig begreife ich, welch einen Fehler ich mache und werde blass. Die Falle ist zugeschnappt. Er sieht mich triumphierend an: „Wann? Also am 1. August oder morgen? Morgen ist der 13. April. Hmm? Sag schon wann?“

Er fasst mich am Kragen; ich schweige, meine Kehle ist wie zugeschnürt.

Er: „Bürschchen, jetzt habe ich dich erwischt, das ist nicht dein Ausweis! Wie heißt du, deinen richtigen Namen?“

Ich, mit belegter Stimme stotternd: „Ich, ich heiße Bruno Schwarz, wirklich so heiße ich."

Er wendet sich an Jette: „Dein Freund lügt doch, wie heißt er wirklich?"

Jette schweigt und ich versinke vor Scham über die peinliche Situation.

Er: „Also, wenn du mir deinen richtigen Namen nicht nennst, muss ich dich zur Feststellung der Personalien mit auf die Wache nehmen."

Und ehe ich es ganz begreife, schiebt er mich aus der Eingangstür und führt mich ab. Er hält mich am Hemdkragen fest und sagt: „Du haust mir nicht ab, deine nette Freundin ist schon auf und davon."

Die Polizeiwache ist nicht weit, nur einmal um die Ecke. In mir herrscht Angst und Panik, wie soll ich da nur rauskommen?

Wir betreten die Wache. Er sagt zu einem jüngeren Polizisten, der am Schreibtisch sitzt: „Hier habe ich ein Bürschchen mit falschen Papieren geschnappt. Sieh dir mal den Ausweis an, ich glaube, er wohnt dem Ausweis nach angeblich hier in Abschnitt V, gleich in der übernächsten Straße. Fahre schnell mal mit dem Rad rüber und kläre ab, ob die einen Ausweis vermissen. Ich halte hier so lange die Stellung und das Bürschchen sperre ich so lange im Ruheraum ein."

Er packt mich an den Schultern und fragt hämisch: „Na, bist du immer noch Bruno Schwarz?" Und ich blicke ihm das erste Mal mit Bewusstsein voll in sein pockenvernarbtes Gesicht. Es schießt mir durch den Kopf: „Den muss ich schon einmal gesehen haben, den kenne ich irgendwoher."

Ehe ich mich versehe, schiebt er mich ins Nebenzimmer, die Tür knallt er zu und dreht den Schlüssel hörbar um. Es ist ein kleines Zimmer mit einem vergitterten Fenster, links und rechts stehen zwei Feldbetten, sonst nichts.

Ich setze mich auf die Bettkante und beginne nachzudenken. Ich kann bei festester Behauptung den Bruno Schwarz nicht durchhalten. Wenn der zweite Polizist erst bei meinem Freund gewesen ist, bricht alles zusammen, weil der ja seinen Ausweis wiederhaben will. Was tun?

Aber woher kenne ich diesen blöden Hauptwachtmeister, woher nur dieses pockennarbige Gesicht? Der junge Wachtmeister nennt ihn Schulze.

Schulze, ich komme nicht drauf.

Eine gute halbe Stunde vergeht, ich halte immer noch die verfallenen, teuren Eintrittskarten in der Hand.

Es ist ja gut, dass Jette abgehauen ist, die hätte Mordsprobleme zu Hause gekriegt und auch Stubenarrest, aber was denkt sie jetzt von mir? Ich habe mich ja unsterblich blamiert.

In der Wachstube werden Stimmen laut, und ich höre den Schulze in der Tür laut lachen und verkünden: „Ich habe es gewusst, du bist also Bruno Schwarz, und das ist dein Ausweis. Aber wer ist der dort im Ruheraum?"

Ich begreife, sie haben meinen älteren Schulfreund Bruno herangeholt. Mein Gott, was kommt jetzt? Die Tür wird aufgeschlossen. Schulze fordert mich auf: „Komm heraus, du Betrüger!" Er grinst hämisch, als ich an seinen Schreibtisch trete. Bruno steht an der Tür und Schulze zeigt auf ihn und sagt: „Der da, das ist Bruno Schwarz und nicht du. Du lügst wie gedruckt, und du betrügst die Kinoaufseher und du verstößt gegen das Jugendschutzgesetz und verführst deinen Freund Bruno zur Mittäterschaft und deine Freundin zur Nachahmung, die ist bestimmt auch noch nicht sechzehn."

Von der Eingangstür schallt es: „Doch ich bin schon sechzehn, hier ist mein Ausweis."

Jette, ich kann es nicht glauben. Zu mir gewandt sagt sie energisch: „Hier ist dein Ausweis, ich habe ihn schnell bei dir zu Hause geholt."

Schulze ist verblüfft. Er sagt zu mir: „Wir werden jetzt eine Vernehmungsniederschrift machen. Warum, wieso, denn du bist ein Betrüger, und er fuchtelt mir mit meinem Ausweis vor dem Gesicht herum. Du heißt nicht Schwarz."

Plötzlich sehe ich im Geist eine Szene vor mir, darin kommt Schulze vor. Und ich nehme, gestärkt durch die Anwesenheit von Jette und Bruno, meinen ganzen Mut zusammen und sage:

„Und Sie, Sie heißen auch nicht Schulze; ich kenne Sie, Sie heißen Braun. Sie waren bei der Feldpolizei. Sie haben in unserer Dienstwohnung mit einem Kommando Juden Gardinen aufhängen lassen, und als einer der Juden einen Fehler gemacht hat, haben sie ihn von der Leiter gestoßen und geprügelt und ihn mit dem Fuß getreten."

Das alles kommt wütend aus mir heraus, ich weine dabei vor Wut und schreie:

„Sie sind der Braun, der meine Mutter angezeigt hat, weil sie dem geschundenen Juden Brot zugesteckt hat. Meine Mutter musste sich vor den Parteibonzen verantworten und hatte große Schwierigkeiten. Ihren Namen haben wir nicht vergessen. Sie heißen Braun und waren im Osten ein Judentreiber."

Schulze ist blass und schweigt. Als ich weitermachen will, schreit er auf:

„Raus mit euch dreien, raus, haut ab, lasst euch nicht mehr von mir erwischen, sonst..., raus!"

Und ehe ich es begreifen kann, stehen wir auf der Straße und gehen langsam und wortlos heim.

Meine Mutter fragt sofort, was los war. „Warum musste das Mädchen deinen Ausweis holen?" Ich berichte schuldbewusst. Sie geht mit keinem Wort auf mein Vergehen ein. Sie ist aufgebracht. „Der Braun von damals, der mich angezeigt hat? Junge, irrst du dich auch nicht?" „Nein, Mutter, er ist es, wir nannten ihn doch das Pockengesicht." „Na warte, morgen zeige ich dieses Schwein an, das ist dann die Retourkutsche. Dieser gemeine Hund hat es nötig, sich aufzuspielen." Sie schimpft noch lange vor sich hin.

Am nächsten Tag, als ich von der Schule heimkomme, sagt meine Mutter triumphierend: „Ich war direkt bei der britischen Kommandatur. Über Braun gibt es bereits eine Akte und den Schulze gibt es nicht mehr."

Jette habe ich dann bei einem jugendfreien Film geküsst und sie hat es gemocht.

Viele Jahre später habe ich gezwungenermaßen einen falschen Pass benutzen müssen, aber ich wusste genau, wo mein Geburtsort lag und in welchem Monat mein Geburtstag anstand.

Das siebte Gebot

Seit Jahren ist das Wort „stehlen" im Volksmund kaum im Gebrauch. Man sagt abgestuft nach Schwere der Tat besorgen, organisieren oder klauen. Selbst klauen kann man noch als Kavaliersdelikt ansehen. Im Herbst sage ich zu meinem Freund: „Komm, wollen wir Äpfel klauen gehen?" Wir klauen auf Vorrat, denn im Winterhalbjahr gibt es weder Gemüse noch Obst.

Wir helfen uns mit selbst eingelegtem Sauerkraut, Möhren, die wir in einer Kiste mit Sand einlegen, und Steckrüben. Als Brotaufstrich nehmen wir Rübenkraut, einen Zuckersirup. Die Herstellung erfolgt im Oktober/November, wenn die Zuckerrüben abgeerntet werden. Nach gründlichem Waschen schnitzeln wir die Zuckerrüben. Die Schnitzel kochen wir dann in Wasser, bis sie weich werden, dann pressen wir sie mit einer Handpresse aus. Die Schnitzel werden weggeworfen, und die gesamte braune Brühe kochen wir ein. Das dauert Stunden. Aus der Brühe wird allmählich brauner Sirup, der nach dem Erkalten dickflüssig wie Honig ist. Für Kinder, die keine Süßigkeiten kennen, ist das durchaus ein Ersatz.

Voraussetzung ist aber, dass man zur Herstellung genug Zuckerrüben verwendet. Die Bauern verkaufen keine Zuckerrüben, weil sie bei den Zuckerfabriken festgelegte Quoten abliefern müssen. Wie kommt man also an Zuckerrüben?

Mein Vater sagt: „Junge, morgen wollen wir Rübensirup kochen, es fehlen uns noch Rüben. Du gehst doch heute zum Konfirmandenunterricht. Auf dem Rückweg, wenn es schon dunkel ist und du an dem großen Rübenfeld vorbeikommst, besorge ein paar Rüben. Nimm einen Jutesack mit und bringe so viel Rüben mit, wie du tragen kannst, aber lass dich nicht erwischen. Manchmal stellen die Bauern heimlich Wachen auf."

Mir ist das zwar nicht recht, aber ich wage nicht, zu widersprechen.

Pastor Stracke behandelt im Konfirmandenunterricht das siebte Gebot, erklärt das Unrecht beim Stehlen, spricht über das Eigentumsrecht und brandmarkt das Stehlen im Großen wie im Kleinen als Sünde.

Ich höre zu und muss die ganze Zeit an meinen Auftrag denken, Rüben mitzubringen. Ich soll also dem Bauer die Rüben, die er selbst gezogen hat, wegstehlen. Mein Vater würde sagen: „Der hat doch genug Rüben."

So gehe ich mit meinem Gewissenskonflikt heim und komme am Rübenfeld vorbei. Den Jutesack habe ich griffbereit, aber die überzeugenden Worte des Pastors halten mich ab. Noch auf dem Hinweg hätte ich die Rüben geklaut, jetzt aber habe ich moralische Hemmungen, die der Pastor verursacht hat. Aber er hat Recht. Und ich komme zu Hause mit einem leeren Jutesack an. Mein Vater ist wütend. Seit wann wäre ich zum Moralapostel geworden, fragt er bissig nach. Das wäre doch nicht stehlen. Alle machen es auf diese Weise, das sei nur organisieren, um über den Winter zu kommen. Die Lebensmittelzuteilung reicht doch weder vorne noch hinten. Er sagt:

„Ich brauche die Rüben. Es muss eine gewisse Menge zustande kommen, damit es sich auch lohnt zu kochen. Also gehe hin und grabe zehn Stück aus." Und er schiebt mich aus der Tür und sagt: „Und komm mir ja nicht mit leerem Sack zurück!"

Ich bin wütend und ratlos, wem soll ich glauben? Also ziehe ich widerwillig los, schleiche etwas tiefer ins Rübenfeld hinein und versuche, mit einer Gartenschaufel die tief sitzenden Rüben auszugraben. Die Spitze der Rübe muss ich jeweils abbrechen, weil sie zu tief in der Erde stecken. Dabei quäle ich mich in der Dunkelheit. Und aus lauter Wut über diese Erpressung des Vaters, weine ich vor mich hin -- es sieht ja keiner.

Der Vater sagt dies, Pastor Stracke sagt das.

Ich schaffe es, die verlangten zehn Stück auszugraben. Die Rübenblätter reiße ich ab und lasse sie zurück auf dem Feld. Dann gehe ich mit dem Sack wie ein Weihnachtsmann heim, aber ich fühle mich eher wie ein Räuber oder Dieb. Zu Hause in der Waschküche, wo Vater die ersten Rüben schnitzelt, werfe ich ihm den Sack vor die Füße und gehe wortlos davon.

Nach einer Woche, als der Konfirmandenunterricht wieder ansteht, kommt vom Vater das gleiche Verlangen. Also habe ich erneut den Jutesack im Unterricht dabei und höre dort: „Du sollst nicht stehlen." Pastor Stracke erklärt den Unterschied zwischen Stehlen und Rauben, und ich begreife, dass der Dieb schnell zum Räuber werden kann.

Auf dem Heimweg, der Jutesack ist noch leer, er drückt mich, ich beginne dennoch an der gleichen Stelle wie vor einer Woche, Rüben auszugraben. Lustlos und wenig vorsichtig hantiere ich im Dunklen. Und plötzlich packt mich eine Hand von hinten am Kragen. Eine Stimme sagt: „Jetzt hab ich dich, du Rübenklau! Du kommst jetzt mit auf den Bauernhof!"

Als der Mann mir mit dem Fuß in das Hinterteil tritt, begreife ich, ich muss mich fügen. Wir betreten den unweit in Salder gelegenen Bauernhof durch eine Gartenpforte und er stößt mich vor sich her in eine Kammer neben dem Kuhstall, die seine Behausung zu sein scheint. Im Licht sehe ich den Mann. Ein großer, sympatischer Bursche in einer ehemaligen Marineuniform. Die Goldknöpfe hat er gegen zivile ausgetauscht. Auf seinem Gesicht liegt ein schalkhaftes Lächeln. Er fragt sofort, nachdem er den Schlüssel in der Tür umgedreht hat, warum ich Rüben klaue und wofür ich sie denn brauche, die würden doch roh nicht schmecken. Ob ich sie mit Steckrüben verwechsele.

Ich denke nach, und in meiner stillen Wut auf meinen Vater, berichte ich, dass mein Vater mich wegen des Rübensafteinkochens, dazu zwingt. Mein Häscher tut etwas empört und gibt mir Recht. Aber dann fragt er: „Und der braune Sirup schmeckt auf Brot wirklich gut?" Ich bejahe. Und da sagt er bedächtig: „Ich habe eine Idee. Wir machen einen Handel und du brauchst keine Rüben mehr im Dunklen zu klauen. Ich arbeite hier auf dem Bauernhof als Knecht und werde morgen beginnen, die Rüben auszupflügen und einzufahren. Du kriegst jeden Tag, solange ich das Feld abernte, einen Sack voll Rüben. Ich will aber im Gegentausch für jeden Sack zwei Gläser von dem Rübensirup haben. Also, wie denkst du darüber? Meinst du, du kriegst das hin? Was glaubst du?

Ich bin über die Wendung der Situation überrascht. Mit einem mal bin ich kein Dieb mehr. Mir soll das recht sein, wenn ich nicht mehr zu klauen brauche. Aber ich muss für den Konfirmandenunterricht natürlich ein reines Gewissen haben. Und so antworte ich ihm: „Das geht nur, wenn du mir die Rüben schenkst. Ich schenke dir dann jeweils die zwei Gläser Rübensirup, aber die Gläser musst du besorgen, wir haben nicht genug zum Abfüllen. Aber wie und wo wollen wir Rüben gegen Rübensirup tauschen?"

Er sagt ohne zu zögern: „Na ganz offiziell, du kommst mit einem Handwagen oder Karren ans Feld, bringst mir in einem Jutesack zwei Gläser

Sirup mit und ich lade dir am Feldrand den Sack Rüben auf. Na? Willst du?"

Ich reiche ihm die Hand, er schlägt ein und lacht und sagt noch: „Aber wenn mein Bauer auf dem Feld ist, läuft nichts, klar?" „Selbstverständlich!"

„Und dein Vater braucht auch nichts davon zu wissen. Komm jeden Tag so um 4 Uhr. Deinen Jutesack hier kannst du schon dalassen, ich mache ihn voll und schenke dir die Rüben." Und er lacht laut, betont das Wort „schenken" und schüttelt den Kopf.

Ich kann gehen. Meinem Vater erzähle ich, dass ich einen großen Sack mit Rüben besorgt habe, aber er war zum Tragen zu schwer, ich würde ihn morgen aus einem Versteck mit der Karre holen.

Und so wird der blonde Hein, so heißt mein Ex-Marinesoldat, mein Geschäftspartner.

Eine ganze Woche fahre ich am Nachmittag zum Feld und Hein nimmt den Rübensirup und schenkt mir einen Sack Rüben, die er doch seinem Bauern gestohlen hat, aber das will ich nicht so genau wissen. Nach einer Woche, wir haben einen reichlichen Vorrat an Zuckerrüben im Keller, ist das Feld abgeerntet. Mein Vater ist ganz stolz auf mich, dass ich so gut zum Unterhalt der Familie beitragen und so gut Rüben „organisieren" kann.

Und Hein sagt: „Wir haben doch gute Geschäfte gemacht, vielleicht fällt dir noch etwas Besseres und Leichteres ein. Besuche mich mal abends in meiner Kammer, du weißt ja wo sie ist." Und er lacht wieder. Er ist der einzige Mensch um mich herum, der lacht, und ich mag ihn gerade deshalb und er ist für mich so etwas wie ein älterer Freund, wir teilen ja auch ein Geheimnis.

Tage später treffe ich mich mit einem Schulkameraden am Bunker. Mitten in Lebenstedt steht ein riesiger Bombenbunker aus grauem Beton, ein hässlicher, viereckiger Kasten, bemalt mit Leuchtpfeilen, die zum Eingang weisen. Ich komme auf den Gedanken, diesen unförmigen Klotz näher zu untersuchen. Vielleicht ist die Eingangstür offen. Mein Schulfreund ist ein Angsthase und traut sich nicht. Ich überrede ihn, aber erst, als ich ihn einen Feigling schimpfe. Diesen Vorwurf verträgt kein Junge. Also übersteigen wir die Absperrung und schleichen um den Bunker, ich glaube, der hat zwei Stockwerke. Die schwere Eingangstür aus Stahl ist verschlossen, aber wir entdecken ein leicht vergittertes Fenster zu einem Vorraum des Bunkers. Ein Drahtgitter in einem Rahmen lässt die Luft in den Vorraum. Ich steige auf die Schultern meines ängstlichen Begleiters und rüttele am Gitterrahmen, der sich tatsächlich bewegen lässt. Als ich kräftig ziehe, gibt er nach, wir beide kippen mit dem Rahmen in einen Brennesselhaufen und die Folgen sind juckende Arme und Beine.

Aber dennoch, wir wollen mal in den Bunker reinschauen. Vielleicht ist dort etwas Brauchbares zu finden. Als ich mich über die Schultern meines Kameraden ein zweites Mal bis zur Luftöffnung hochgearbeitet habe, begreife ich gerade noch rechtzeitig, dass, wenn ich ins Innere des Vorraums herunterspringe, ich auf dem Rückweg nicht mehr herauskomme, weil mein Kamerad ja draußen bleiben wird und mir seine Schultern fehlen werden.

Also nichts!

Mein Blick fällt auf eine Gitterlampe, die eine Glühbirne enthält und ich weiß schlagartig, was zu tun ist. Hein muss ran, er ist erheblich größer als ich, und wir könnten gemeinsam einige Glühbirnen auf dem Schwarzmarkt absetzen. Auf der Gegenseite des Bunkers entdecken wir zwei abgestellte Kompressoren und ein schmales Gerüst an der nackten, hohen Betonwand. Über den Zweck dieser Geräte machen wir uns aber keine weiteren Gedanken.

Abends bin ich bereits bei Hein, berichte ihm und Hein ist von meiner Idee, Glühbirnen zu „organisieren", durchaus angetan.

Er sagt: „Vielleicht kommt dabei für mich ein Anzug heraus. Ich will diese Uniformklamotten los sein."

Er entwirft gleich einen Plan. Er sagt: „Wir brauchen eine Taschenlampe, Zange, eine Strickleiter und ein Körbchen für die Glühbirnen."

Und ich frage: „Wo kriegen wir eine Strickleiter her?"

Er sagt: „Ein Seemann macht sich selber eine." Und er fängt gleich an, mit Holzsprossen und Bindegarn vom Mähdrescher mir zu zeigen, wie eine leichte Strickleiter herzustellen ist. Er bindet sechs Tritte ein und meint, die genügen auch für mich.

Dann sprechen wir den Zeitpunkt ab. Er meint, tagsüber fällt das mit den Taschenlampen weniger auf als bei Dunkelheit. Also verabreden wir unser Eindringen an seinem freien Nachmittag, um 2 Uhr.

Wir treffen uns an der Kirche in Alt-Lebenstedt und gehen hintenrum ausholend in Richtung Bunker. Hein hat in einem Rucksack die Strickleiter mitgebracht. Wir kommen ungesehen bis an das hoch gelegene Lüftungsfenster heran und steigen mit Hilfe der Strickleiter ein. Oben am Lüftungsfenster angekommen, müssen wir die Strickleiter nach innen umhängen.

Ich bin ziemlich aufgeregt. Hein geht bis zur nächsten Tür vor. Die ist nicht verschlossen. Der folgende Raum ist total dunkel, wir leuchten mit unseren Taschenlampen nach dem Lichtschalter. Er funktioniert nicht, kein Licht. Aber an der Decke entdecken wir mehrere Lampen mit Glühbirnen, auf die wir scharf sind. Hein versucht mit ausgestreckten Armen an die Deckenleuchte zu kommen, aber er ist trotz seiner Länge nicht groß genug. Also hebt er mich hoch, und ich versuche, den verschraubten Drahtkorb mit der Zange von der Lampe zu lösen. Es gelingt nicht, die Taschenlampe fällt zu Boden. Die Zange ist nicht geeignet, ein Schraubenzieher wird benötigt.

Unsere Worte hallen beängstigend in dem dunklen, leeren und großen Raum. Mir läuft es eiskalt über den Rücken. Hein scheint es ebenfalls etwas unheimlich zu sein.

Er sagt: „Ohne Schraubenzieher und ohne Hocker schaffen wir das nicht. Und eine Glühbirne ist gar nichts, mindestens zehn oder zwanzig Stück sollten wir ausbauen, hier gibt es viele Räume,

Mensch, zwei Etagen! Los komm, wir gehen jetzt und steigen nochmal ein."

Draußen angekommen sagt Hein: „Du besorgst einen Hocker oder einen Stuhl und bringst ihn im Dunklen hierher und wirfst ihn durch die Öffnung in den Vorraum."

Nachdem wir uns verabschiedet haben, beginne ich nachzudenken. Was tue ich da, ich verhalte mich wie ein Einbrecher. Wie soll ich dem Pastor morgen in die Augen sehen? Gegen das Stehlen von Zuckerrüben habe ich bei meinem Vater protestiert, und jetzt bin ich auf einem Raubzug nach Glühbirnen, ich bin ja total verrückt. Dennoch möchte ich Hein als Freund nicht verlieren. Er braucht wirklich einen zivilen Anzug.

Ich finde einen alten Gartenstuhl. Zusammengeklappt trage ich ihn in der einsetzenden Dunkelheit zum Bunker und schiebe ihn durch die hoch gelegene Öffnung. Er fällt nach innen mit lautem Krach, ich erschrecke und laufe davon. Ab sofort ist für mich die ganze Sache vergessen. Ich versuche alles zu verdrängen. Wenn Hein Glühbirnen zum Tausch gegen einen Anzug braucht, soll er sich die Dinger selber holen. Ich melde mich bei ihm vorerst nicht.

Tage darauf höre ich, wie Erwachsene darüber reden, dass man in dem Bunker ein Kino einrichten will. Dazu sollen Fenster in die Bunkerwand gesprengt werden, aber das wäre wegen der Häuser drumherum und der vielen Fensterscheiben riskant.

Nach unserem Einstieg ist eine Woche vergangen.

Als ich aus der Schule komme, sehe ich schon von weitem, dass die Feuerwehr am Bunker im Einsatz ist. Die Straße zum Bunker ist bereits abgesperrt und auf dem schmalen Gerüst sehe ich Männer, die etwas in die Bunkerwand stecken. Ich begreife sofort, die wollen sprengen. Die Kompressoren, die wir sahen, waren für Bohrhämmer, um Löcher zu bohren und die werden jetzt mit Sprengstoff gefüllt.

Feuerwehrleute gehen von Tür zu Tür und ich höre, dass in einer halben Stunde eine Sprengung erfolgt. Die Bewohner sollen alle Fenster öffnen, damit die Scheiben nicht bersten.

Da fällt mir plötzlich ein, dass Hein heute seinen freien Nachmittag hat. Hoffentlich ist er nicht in den Bunker eingestiegen. Mein Gott, ich muss nachsehen, hoffentlich hat er die Sache vergessen. Ich muss nachsehen, und wenn er drin ist, muss ich ihn warnen!

Ich laufe los, ein Polizist weist mich zurück: „Hier kommst du nicht durch, alles abgesperrt."

Ich muss an die Hinterfront des Bunkers, ich muss, ich muss nachsehen. Ich springe in einen Schrebergarten, laufe hindurch, umgehe die Absperrungen und komme an die Rückseite. Auch dort steht ein Feuerwehrmann, der mich stoppt. Ich kann aber die Öffnung zum Bunkervorraum erkennen und mir bleibt fast das Herz stehen. Ich erkenne die Strickleiter, die nach innen zu hängen scheint. Ich zeige mit der Hand auf die entfernte Öffnung und rufe:

„Da ist ein Mensch drin."

Der Feuerwehrmann schüttelt den Kopf: „Da ist keiner mehr drin, absolut keiner."

Ich: „Doch, da ist mein Freund drin, die Strickleiter."

Der Feuerwehrmann sagt: „Du spinnst doch, wir haben alles durchsucht. Da drin sind nur noch Mäuse, so glaube mir doch."

Ich schreie ihn an: „Aber die Strickleiter!"

Er: „Ich sehe keine Strickleiter."

Ich: „Die hängt doch nach innen, sie sehen doch die Haken."

Ich bin ihm zu aufsässig, er ruft einen Feuerwehrmann hinzu. Der scheint sein Vorgesetzter zu sein. „Der Bengel behauptet, im Bunker wäre sein Freund, der spinnt doch, ich habe selber mit noch einem von uns alles durchsucht."

Ich gerate in Panik, wende mich fast flehentlich an den Vorgesetzten: „Bitte bitte, sie müssen die Sprengung stoppen, mein Freund..."

Er wendet sich an den Absperrposten: „Habt ihr alles wirklich gründlich durchsucht?"

„Natürlich, außerdem kommt in den Bunker sowieso keiner rein. Alle Türen waren verschlossen."

Der Feuerwehrmensch blickt auf die Uhr und sagt zu mir gewandt: „Also, du hast gehört, da ist dein Freund nicht drin, und die Sprengung erfolgt in zwei Minuten, die kann nicht mehr gestoppt werden. Was glaubst du, was die mit mir machen, wenn wir die lange vorbereitete Sprengung jetzt noch abblasen. Ich verliere meinen Posten. Alles ist hier gut und gründlich vorbereitet. Also Junge, mach dir keine Sorgen."

Ich höre ein Hornsignal und einige Augenblicke später einen harten, schrecklich lauten Knall. Ich fahre zusammen und denke: Wie in Bombennächten.

Und meine Gedanken kreisen um Hein. Schon höre ich ein zweites Hornsignal. Der Feuerwehrmensch zieht mich vorsichtshalber hinter eine Hausecke und dann knallt es erneut.

Schrecklich, ich halte mir die Ohren zu und bete im Stillen für Hein. Ich weiß, dass er im Bunker ist. Mein Gott, er soll leben.

„Jetzt ist es vorbei, jetzt wollen wir uns ansehen, was die Sprengung gebracht hat."

Und ich gehe wie benebelt mit dem Feuerwehrmenschen weiträumig ausholend um den Bunker. Als wir die Gegenseite sehen können, lacht er kurz auf und sagt mehr zu sich selber: „Das habe ich mir gedacht, das bringt bei meterdicken Betonwänden nichts."

Und ich sehe zwei kleinere Krater in der Betonwand. Betoneisen schaut heraus, aber kein Loch ins Innere, nur Außenbeschädigungen.

Ich zupfe den Feuerwehmenschen am Arm und bitte: „Schaut nach meinem Freund!" Er streicht mir mitleidig über meinen Kopf und sagt: „Ja, ja, machen wir schon, geh nur ruhig nach Hause." Ich gehe mit Angst im Bauch und schlechtem Gewissen heim, schließlich habe ich Hein auf diese Idee gebracht.

Am nächsten Abend, es lässt mir keine Ruhe, gehe ich zu dem Bauer in Salder, bei dem Hein arbeitet. Heins Zimmer ist leer. Ich frage die Bäuerin und die sagt mir: „Hein liegt im Krankenhaus in Drütte, er hat was in die Augen gekriegt und kann nichts hören, aber der wird schon, halb so schlimm."

Tags darauf fahre ich mit einem geliehenen Fahrrad über Hallendorf, Watenstedt zum Krankenbesuch nach Drütte.

Unterwegs mache ich mir Vorwürfe, und ich denke ständig darüber nach. Warum haben die mir nicht glauben wollen? Warum? Nur weil ich noch nicht erwachsen bin?

Ich komme zu einem anderen Schluss. Für die gilt immer noch „Befehl ist Befehl", ohne Rücksicht auf Verluste.

Für mich soll gelten: „Du sollst nicht stehlen."

„Die Schlote rauchen wieder" in Sz-Hallendorf

Auge um Auge?

Der Weg von Salder nach Engelnstedt ist weit, etwa vier Kilometer. In Engelnstedt wohnt unsere einzige Nachhilfelehrerin für Englisch. Wir sind drei Schüler aus Salder, die dringend Nachhilfestunden brauchen, um die Versäumnisse, die durch die späte Flucht in den Westen entstanden sind, aufzuholen. Zweimal pro Woche gehen wir am Nachmittag gemeinsam eine Stunde hin, haben eine Stunde Unterricht und dann gehen wir wieder eine Stunde nach Salder zurück.

Heute herrscht auf dem Heimweg eine unerträgliche Hitze. Wir haben schrecklichen Durst, aber unterwegs gibt es kein Wasser, und so hoffen Sigrid, Arno und ich auf eine kühle Limonade, die

uns vielleicht der Wirt von der Gaststube am Ort-
seingang von Salder spendiert. Wir schauen in die
Gaststube rein und bitten bescheiden um Wasser,
und Herr Grotefent bringt uns großzügig die
ersehnte Limonade.

Als ich dann auf unsere Unterkunft zugehe,
sehe ich meine sechsjährige Schwester auf den
Treppenstufen sitzen. Sie weint vor sich hin. Ich
tröste sie und frage nach dem Grund ihrer Tränen.
Und da sprudelt es nur so aus ihr heraus:

„Der Karli, dieser Hundesohn, wirft immer,
wenn wir uns begegnen, mit Steinen nach mir.
Heute hab ich was abbekommen." Und sie zeigt
mir mit anklagendem Gesicht eine blutverkrustete
Stelle an ihrer Stirn. Ich frage nach:

„Hat er das absichtlich getan?"

Sie: „Ja, er hat in seine Tasche gefasst, einen Kieselstein herausgeholt und nach mir geworfen. Ich
konnte nicht so schnell weglaufen."

Bei ihrer Schilderung empfinde ich eine ungeheure Wut auf diesen Bengel. Ich kenne diesen
Blödmann. Er ist jünger als ich. Neulich hat er auch
nach mir mit einem Stein geworfen. Es gab für das
Werfen keinerlei Grund, weil wir vorher kein ein-
ziges Wort gewechselt hatten. Ich denke, der hat
sicherlich eine „Macke".

Ich tröste meine Schwester erneut mit den
Worten:

„Du, wenn ich diesem Karli begegne, dann
werde ich ihn zur Rede stellen, einverstanden?"

Als wir gemeinsam ins Zimmer treten, vergessen wir das Ganze.

Unser Onkel Wilhelm ist zu Besuch gekommen. Er bringt leckere Esswaren mit. Er arbeitet in einer Gerberei und muss dort Rinderhäute von Fleischresten säubern und da fällt vieles ab. Heute abend gibt es leckere Ochsenschwanzsuppe. Toll!

Aber mir imponiert an meinem Onkel etwas ganz anderes: Er ist groß und schlank, hat eine energische Stimme und war bei der Waffen-SS und immer an der Front. Er wurde zweimal verwundet. Er hat mir seine Tapferkeitsauszeichnungen gezeigt. Jetzt trägt er seine eingefärbte Uniform mit zivilen Knöpfen, aber er trägt sie wie ein Held aufrecht, stolz, unbeugsam. Er ist nicht niedergeschlagen, wie die anderen Männer, die aus der Kriegsgefangenschaft heimkehren. Wenn dieser Heldentyp von seinen Fronterlebnissen erzählt, hören ihm alle zu, besonders die Frauen.

Die Begrüßung des Onkels fällt stürmisch und herzlich aus. Schon sitzt mein holdes Schwesterlein bei ihm auf den Knien. Ich fühle so etwas wie Eifersucht. Er schaukelt sie hin und her. Doch dann entdeckt er ihre Beule am Kopf mit dem Blutschorf.

Ich denke: „Jetzt muss sie bekennen." Und sie erzählt ihm den Hergang. Er fragt nach: „Hat dieser Karli dich schon öfter mit Steinen beworfen?" „Ja, der wirft immer." Der Onkel wendet sich zu mir: „Du bist doch der ältere Bruder, du musst dein kleines Schwesterchen verteidigen. Wie alt ist dieser Bengel?"

Ich sage: „Ungefähr zehn oder elf Jahre.“

Der Onkel sagt: „Na also, du bist schon dreizehn und bist stärker als dieser kleine Satan, schnapp ihn dir und haue ihn ordentlich durch.“

Ich antworte: „Onkel, ich kann ihm doch nicht einfach auflauern und ihn ohne Grund verhauen. Ich war doch nicht dabei, als das passiert ist.“

Der Onkel tut ganz entsetzt: „Ja, sag mal, das kannst du ihm doch nicht durchgehen lassen, der wird immer und immer wieder Steine nach euch schmeißen. Also nimm ihn dir vor und hau ihm ein paar runter und sage: Es ist für die Beule am Kopf deiner Schwester. Und im Übrigen, das merke dir fürs Leben, ich musste es auch lernen, Auge um Auge, Zahn um Zahn. Wenn dich einer angreift, schlage zurück, am besten noch härter, damit er es nicht nochmal versucht. Tust du es nicht, bist du der Verlierer und musst zusätzlich den Spott und die Verachtung deiner Freunde ertragen. Im Leben muss man um sein Recht kämpfen, man darf sich nichts gefallen lassen. Und in diesem Fall ist es sehr ritterlich, für eine Schwächere einzustehen. Verstehst du das?“

Ja, ich verstehe den Onkel. Ich wollte den Karli nur zur Rede stellen und warnen, das genügt also nicht, ich muss zurückschlagen, damit er das nicht nochmal tut. Dennoch wäre es mir lieber, ich könnte ihn direkt beim Steinewerfen erwischen.

In den nächsten Tagen geht mir dieses Gespräch oft durch den Kopf. Immer wenn ich die Beule am Kopf meiner Schwester sehe, denke ich: Man muss zurückschlagen.

Heute habe ich keine Nachhilfestunde, ich nehme mir vor, nach der Schule ein paar Zierfische aus der Zoohandlung für mein kleines Aquarium mitzubringen. Darauf freue ich mich den ganzen Morgen, die Schulstunden wollen nicht enden. Endlich kann ich im Laufschritt die Schule verlassen und betrete ganz außer Atem das sehr faszinierende Zierfischgeschäft mit den vielen Glasbecken. Jetzt geht es um die Auswahl; man braucht ein Pärchen, das Männchen ist das buntere. Ich würde am liebsten nur die bunten Männchen wählen, aber die sollen sich angeblich untereinander nicht gut vertragen. Also gibt mir der Züchter in mein mitgebrachtes großes Marmeladenglas zwei Pärchen Buntguppis und genügend Wasser hinein. Er meint, ich soll es vorsichtig in der Hand nach Hause tragen und den Inhalt mit den Fischlein in mein Aquarium gießen.

Ich verlasse mit meiner Neuerwerbung ganz glücklich das Geschäft und trage das Glas mit den Guppis vorsichtig vor mir her. Ich achte peinlich darauf, dass das Wasser im Glas nicht überschwappt. Dennoch passiert es hin und wieder. Meine Hände werden nass. So komme ich nur mühsam voran. Ich erreiche die Kreuzung bei der Gaststätte Grotefent und erblicke von weitem meinen Freund Arno, der auf mich zukommt. Da spüre ich einen Schlag an der Schulter und ein Kieselstein fällt mir vor die Füße. Ich blicke überrascht auf die andere Straßenseite. Da steht dieser Karli und hebt erneut einen Stein auf, den er nach mir wirft. Ich bücke mich mit dem vorgehaltenen Glas und der Stein trifft das Glas, das in Scherben auf den Boden fällt. Ich sehe noch meine Fischlein auf dem Pflaster zappeln, da erfasst mich eine ungeheure Wut. Meine Augen suchen nach Steinen, nichts. Ich ergreife spontan eine der Glasscherben, hole aus. Karli spürt förmlich meine Wut auf der anderen Straßenseite, er schreit: „Lass das!"

Aber schon fliegt meine Glasscherbe über die Straße hinweg und trifft ihn am Kopf. Er schreit laut auf. Ich denke, der simuliert, der Feigling. Aber dann sehe ich, wie er sich mit der Hand das linke Auge zuhält, und zwischen seinen Fingern rinnt Blut heraus. Ich bin sehr erschrocken und wie gelähmt. Dann aber stürme ich über die Straße, versuche ihm die Hand vor dem Auge wegzuziehen, sehe die angerichtete Verletzung und gerate innerlich in Panik. In dem Augenblick bringt mich Arno, der herbeigelaufen ist, wieder zur Beherrschung mit den Worten: „Wir müssen ihn zum Arzt bringen, drei Häuser weiter, zu Frau Dr. Pause, los kommt." Das könnte die Rettung sein. Angst beflügelt mich. Hoffentlich ist sie zu Hause, hoffentlich. Ich habe den Karli untergehakt und ziehe ihn gewaltsam an den drei Häusern vorbei. Er will nicht zum Arzt. Arno und ich bestehen darauf.

Wir betreten die Praxis und fragen nach der Ärztin. Für mich ein weiterer Schreck, die Ärztin macht Krankenbesuche. Die Sprechstundenhilfe erkennt sofort die schwere Verletzung und Karli wird von ihr notdürftig verbunden. Wir warten jetzt ungeduldig auf Frau Dr. Pause. Sie kommt endlich. Mein Herz bebt vor Angst und Hoffnung. Sie sieht sich die Verletzung an und sagt: "Es handelt sich um eine sehr schwere Augenverletzung, der Junge muss sofort in die Klinik nach Drütte. In mir bricht wieder Panik aus.

O Gott, was habe ich angestellt!

Zwischenzeitlich wurde die Mutter Karlis verständigt. Sie kommt in die Praxis, sieht ihren Sohn und fragt scharf: „Wer hat das getan?" Karlis Finger deutet auf mich. Und sie geht auf mich los, packt mich an den Schultern: Weißt du, was du da angestellt hast? Weißt Du das?

Ich stammele nur: „Karli hat zuerst die Steine geworfen, er hat angefangen."

Die Ärztin schreitet ein, lenkt die aufgebrachte Mutter ab mit dem Hinweis: „Wenn gleich der Krankenwagen kommt, fahren Sie bitte mit in die Klinik, ihr Sohn braucht Sie." Und als der Krankenwagen vor der Praxis hält, schiebt mich die Sprechstundenhilfe durch die Hintertür auf den Hof und sagt: „Du gehst jetzt am besten gleich nach Hause." Ich stehe wie benommen da.

Ich weiß nicht, wie ich es vollbringe, nach Hause zu kommen. Als ich wieder denken kann, sitze ich vor meiner Mutter und berichte den Hergang. Und dann überkommt es mich, ich heule, schluchze und fühle mich so allein gelassen. Meine Mutter nimmt mich in den Arm; genau das wollte ich. Sie sagt aber das Übliche: „Ein so großer Junge weint doch nicht." Sie begreift überhaupt nichts.

Meine armen Guppis, sie sind auf dem Straßenpflaster verendet. Was konnten die Fischlein dafür. Ich habe doch nur, so wie der Onkel empfohlen hat, bei einem Angriff auf mich zurückgeschlagen. Aber ich wollte den Karli so nicht verletzen. Und schon weine ich erneut. Meine Mutter streichelt mir über den Kopf und meint: „Vielleicht kann man das Auge retten, die Ärzte im Kreiskrankenhaus Drütte sind sehr tüchtig. Ich werde mich noch vor Praxisschluss bei Frau Dr. Pause nach Karli erkundigen. Wir wollen beide hoffen, das letztlich alles gut wird." Und dann kommt meine kleine Schwester auf mich zu und sagt: „Ich habe alles mitgekriegt. Du hast es dem blöden Karli richtig gegeben, gut hast du das gemacht, jetzt hat er auch eine Beule am Kopf." Und meine Mutter sagt dazu: „Man muss doch nicht immer Gleiches mit Gleichem vergelten."

Ich denke: „Oh Gott, die will mich nicht verstehen." Und ich gehe heimlich auf den Dachboden, kauere mich in einem alten Sessel zusammen und grübele, hadere mit mir und rufe mir die Situation an der Kreuzung wiederholt in Erinnerung, jede Einzelheit. Ich hätte bestimmt keine Glasscherbe geworfen, aber in dem Augenblick war kein Steinchen zur Hand und ich sah meine armen Fischlein auf dem Pflaster zappeln, das hat mich so wütend gemacht.

Ich weiß nicht, wie lange ich schon auf dem Dachboden sitze, bis ich meine Mutter nach mir rufen höre. Als ich runterkomme, dunkelt es bereits. Mutter sagt mit einem sehr ernsten Gesicht:

„Ich war in der Arztpraxis. Der arme Junge, er hat sein Auge verloren."

Ich fühle einen Stich in meiner Brust und eine ungeheure Angst steigt in mir auf, die noch lange anhalten wird.

Irgendwie geht auch diese schrecklichste Nacht in meinem bisherigen Leben zu Ende. Ohne Frühstück verlasse ich schweigend unsere Wohnung und gehe zur Schule. Hausaufgaben habe ich nicht gemacht und versuche mich zu drücken, um nicht aufgerufen zu werden. Von dem Unterricht bekomme ich überhaupt nichts mit, ich bin wie in Trance. Auf dem Heimweg spüre ich bereits die Zurückhaltung meiner Mitschüler aus meiner Umgebung. Das schreckliche Ereignis hat sich schon herumgesprochen.

Nach zwei Tagen Seelenpein und Selbstvorwürfen gehe ich das erste Mal zum Konfirmandenunterricht. Im Gemeindehaus will keiner meiner Altersgenossen neben mir sitzen, keiner spricht mit mir, ich werde gemieden und das tut weh.

Pastor Stracke macht eine kurze Einführung und fragt dann: „Soll ich euch heute in der ersten Stunde eine Geschichte erzählen?" Alle sind davon angetan. „Es ist aber eine traurige Geschichte von der Front. Wollt ihr sie dennoch hören?" Dabei sieht er mich eindringlich an. Welche Frage, wir Jungs hören solche Geschichten zu gerne, zumal unsere Väter und Bekannten, wenn sie auf Heimaturlaub waren, über Fronterlebnisse geschwiegen haben.

Pastor Stracke sagt: „Ich erzähle euch, wie und warum ich Pastor geworden bin.

Vor dem Kriege war ich Diakon. 1942 wurde ich zur Wehrmacht eingezogen und zum Infanteristen ausgebildet. Wir kamen bald an die Ostfront und wurden in schwere Kämpfe verwickelt. Es war Winter, sehr kalt und viel Schnee. Wir hatten einen großen Abschnitt in der HKL zu verteidigen. Dazu haben wir uns notdürftig Unterstände aus gefällten Bäumen gebaut und nur ein oder zwei flache Verbindungsgräben ausgehoben, weil die Erde stark gefroren war. Der Kompaniegefechtsstand lag hinter uns, etwa fünfhundert Meter entfernt am Dorfrand. Die Angriffe der sowjetischen Truppen wurden immer stärker und wir hatten schon hohe Verluste. Etwa nach einer Woche wurde unser Spieß von einer Granate getroffen, als er das warme Essen von der Feldküche nach vorne brachte, und war sofort tot. Er hieß „die Mutter der Kompanie". Wir haben zwei Tage nichts Warmes bekommen. Dann wurde ich zum KP-Chef befohlen. Als ich mich in dem halb zerschossenen Haus bei ihm meldete, sage er: „ In Ihrer Akte habe ich gelesen, dass Sie Diakon sind, so ein halber Geistlicher, so einen brauche ich hier. Ab sofort sind Sie die „Mutter der Kompanie." Sie sind verantwortlich für die Versorgung der Männer vorne. Essen, Feldpost, Verwundetentransport, Gefallenenbestattung und Benachrichtigung ihrer Angehörigen. Sie bleiben gleich hier und fangen mit der Arbeit an. Draußen liegen zwölf gefallene Kameraden aus den letzten zwei Tagen, kümmern Sie sich um sie."

Ich sagte: „Jawohl" und ging nach draußen.

Die Gefallenen lagen aufgereiht da, ich holte ihre Erkennungsmarken hervor, brach die Hälfte ab und setzte mich an die Schreibmaschine, um die Gefallenenmeldung zu schreiben. Dann schrieb ich die erste Benachrichtigung an die Hinterbliebenen. Den Text hatte ich christlich abgefasst. Mein Kompaniechef machte daraus einen Nazitext:

„Gefallen für Führer, Volk und Vaterland."

Alle Angehörigen erhielten den gleichen Text. Durchschlag musste genügen. Bevor ich aber die Umschläge zuklebte, schrieb ich von Hand darunter:

„Gott hab ihn selig."

Es war noch nicht Mittag und ich wusste, dass meine Kameraden vorne in den Stellungen seit zwei Tagen weder Kaffee noch Suppe bekommen hatten und von trocken Brot lebten. Unser Feldkoch hatte alles warm gehalten.

Sollte ich es wagen, bei Tageslicht nach vorne zu gehen? Eine Frage des Mutes. Im Augenblick war eine Feuerpause eingetreten, kein Beschuss mit Granatwerfern. Ich zog meinen weißen Tarnanzug an, ließ mir den flachen Kanister mit heißer Suppe vom Feldkoch auf den Rücken schnallen, ließ mein unhandliches Gewehr im Gefechtsstand und marschierte los. Die ersten zweihundert Meter fand ich an einer Buschreihe etwas Deckung, dann musste ich zu einem einzeln stehenden Baum herüberwechseln und von dort aus lagen über zweihundert Meter freies Feld vor mir. Ich wusste, dass der Iwan das Feld einsehen konnte, und ich hatte auf dem Schneefeld keinerlei Deckung. Ich nahm meinen ganzen Mut zusammen und trabte los. Nach fünfzig Metern der erste Einschlag. Ich schaffte noch zehn Meter, als eine MG-Salve mich auf den Boden zwang. Und dann lag ich da auf der verschneiten Ebene und sobald ich nur den Kopf hob, hämmerte das feindliche MG, und der Schnee wirbelte vor mir von den Einschüssen auf. Als sie noch zusätzlich den Granatwerfer einsetzten, wusste ich, dass ich hier lebend nicht davon kommen würde, denn sie hatten es auf mich, den Essensträger, abgesehen. Warum?

Vor Tagen, als unser Spieß beim Essenvorbringen zerfetzt wurde, hatten sich die Kameraden fest vorgenommen, den Sowjets das zu vergelten und haben auf den gegnerischen Essensträger gefeuert. Das war bislang an unserer Front nicht üblich. Die Essensträger haben beide Seiten bewusst geschont. Jetzt, wo die Einschläge vor, hinter und neben mir lagen, haben beide Seiten die ungeschriebene Regel aus Hass und Vergeltung geändert. Jetzt ging es Auge um Auge, Zahn um Zahn. Und ich lag im Schnee, von schrecklicher Angst erfasst, wissend, dass die nächste oder übernächste Granate mich treffen würde. Und da begann ich ganz inbrünstig zu beten. Den Kessel mit der Suppe hatte ich mir von den Schultern gezogen und vor mich als Deckung gelegt. Ich wusste, hier draußen auf dem Schneefeld war ich allein nur mit Gott. Als der Beschuss nicht aufhörte und die Einschläge immer näher kamen, bat ich Gott um Errettung. Ich wollte leben und Gutes tun und da gelobte ich, Pastor zu werden und nicht nur den Menschen, sondern vor allem Gott zu dienen und niemals Gleiches mit Gleichem zu vergelten. Meine Lage im Schnee änderte sich nicht. Ich hatte zwar versucht, ein paar Meter im hohen Schnee auf allen vieren zu robben, aber meine Füße fanden keinen Halt und das MG schoss sofort. Ich blieb also liegen, vertraute mich dem Herrgott an und bat wieder und wieder um Erlösung, so oder so. Und wo die Not am größten, ist Gott am nächsten und ich fühlte bei jedem Granateinschlag, dass Er nah bei mir war. Ich merkte noch, dass mir der Kessel hart an den Kopf flog, dann muss ich das Bewusstsein verloren haben. Als ich zu mir kam, war es dunkel. Der Beschuss hatte aufgehört. Ich rechnete nach, ich muss wohl mehr als vier Stunden im Schnee gelegen haben. Jetzt war mir alles egal. Ich stand einfach auf, nahm meinen zerbeulten Kanister und stapfte aufgerichtet bis in unsere Stellung und kein Schuss fiel. Dort warteten einige Kameraden auf mich. Sie hatten das gezielte Schießen auf mich, den Essensträger, beobachtet. Einer von ihnen nahm mir den Kessel ab und sagte: „Mensch Junge, hast du Schwein gehabt!"

Ich sagte an alle gerichtet: „Ich hab nicht Schwein gehabt, Gott hat an mir ein Wunder vollbracht. Und wenn ich das alles jemals überlebe, werde ich Pfarrer, Pastor. Ihr habt es gehört, ihr könnt mich beim Wort nehmen, ich habe es in meiner größten Not gelobt."

Ich habe den ganzen Krieg ohne eine einzige Verwundung überstanden und stehe heute als Pastor vor euch.

Aus meiner Geschichte können wir Folgendes lernen:

1. Zwar wurde unser Spieß, als er uns Essen bringen wollte, von einer sowjetischen Granate getroffen, aber es ist nicht sicher, dass es absichtlich geschah.

Wir hingegen haben danach gezielt auf den sowjetischen Essensträger geschossen. Und dann haben sie mich aus Rache ebenfalls beschossen. Alles nach dem Spruch: „Wie du mir, so ich dir" oder „Auge um Auge, Zahn um Zahn."

Vielleicht hätten wir uns diese Grausamkeit sparen können, wenn meine Kameraden nicht Gleiches mit Gleichem vergolten hätten.

2. In meiner größten Not habe ich Gott um Hilfe angefleht, ich habe intensiv gebetet. Und das möchte ich euch aus dem Konfirmandenunterricht mit auf den Lebensweg geben. Gott kann auch Wunder vollbringen, man muss nur an ihn glauben und zu ihm beten. Er ist die größte Hilfe in der Not.

Wir sind alle sehr ergriffen und still und er betet zum Schluss der Stunde mit uns das „Vaterunser."

Ich verlasse als Letzter den Gemeinderaum und da spricht er mich an: „Ich habe gehört, dass du mit Karli große Probleme hast, wollen wir mal miteinander darüber sprechen?"

Ich bin sehr erstaunt. Er sagt es aber so warmherzig, dass ich „Ja" sage.

„Dann lass uns gleich miteinander reden, denn höchstwahrscheinlich passt meine Geschichte zu deinem Problem."

Wir gehen in sein Arbeitszimmer, und als ich Platz genommen habe, sagt Pastor Stracke sehr gefühlvoll, mich gütig anschauend: „Armer Junge, du hast in den letzten Tagen viel Seelenpein ertragen müssen. Erzähle mal, wie ist denn das mit dem Auge von Karli passiert?"

Und ich berichte vom Steinewerfer Karli, von der Beule am Kopf meiner Schwester, von meinen armen Guppis im Marmeladenglas. Dabei betone ich bewusst, dass Karli an besagtem Tag mit dem Schmeißen begann. Pastor Stracke schweigt eine Weile dann sagt er: „Das war ein schicksalhafter Unfall und ist sowohl für Karli als auch für dich künftig eine harte Belastung. Das müsst ihr beide seelisch aufarbeiten. Aber sag mal, es klang bei deinem Bericht so durch, als wenn du darauf gewartet hättest, dem Karli eine Lektion zu erteilen, sei mal ehrlich?"

Und da empfinde ich etwas Trotz, mein Schuldgefühl ist zurückgedrängt. Ich sage mutig: „Ja, so war es. Er musste mal eine Lektion erhalten, dieser Steinewerfer, aber nicht mit solchen Folgen."

Pastor Stracke: „ Jetzt denk mal an meine Geschichte, dieses „Auge um Auge, Zahn um Zahn" bringt viel, sehr viel Unheil und Leid. Meinst du nicht auch?"

Jetzt kontere ich mit den Weisheiten meines Onkels.

„Mein Onkel war auch jahrelang an der Ostfront. Er ist mehrfach verwundet worden. Er sagt, man darf sich nichts Unrechtes gefallen lassen; wenn man geschlagen wird, muss man zurückschlagen um Wiederholungen zu vermeiden."

Pastor Stracke: „Mein lieber Junge, der Standpunkt deines Onkels ist nicht christlich, manchmal muss der Klügere nachgeben, denn bei solchen Auseinandersetzungen geht meistens die Verhältnismäßigkeit verloren, z. B. er wirft einen runden Kieselstein und du wirfst schon eine scharfe Glasscherbe. Deine Schwester hat eine kleine Beule am Kopf, er verliert für sein ganzes Leben ein Auge.

Denke einmal zu Hause darüber nach. Welchen Standpunkt willst du in deinem Leben vertreten. Wir wollen nach dem nächsten Unterricht in einer Woche nochmals darüber reden. Einverstanden?"

Auf dem Heimweg murmele ich laut vor mich hin: „Ich wollte ihn doch anfangs nur zur Rede stellen, ihn höchstens schütteln. Und was ist daraus geworden? Wer hat recht, Pastor Stracke oder Onkel?" Meine Mutter neigt mehr zu den Ansichten des Pastors. Und wohin neige ich? Einerseits und andererseits...

Die nächsten Tage bringen neue Aufregungen. Karlis Mutter schaltet wegen der Körperverletzung durch mich einen Anwalt ein. Dieser beginnt, Tatzeugen zu befragen und sie zur Aussage zu bewegen. Also muss meine arme Mutter auch einen Anwalt einschalten, um wenigstens in der Rechtslage beraten zu werden. Mutter nimmt mich zu diesem Gespräch mit in die Anwaltskanzlei. Dort benennen wir unsere Zeugen und schildern den Hergang. Dazu meint meine Mutter, dass Karli und ich doch noch Kinder wären, auch wenn ich dreizehn Jahre sei. Man könne doch den Fall nicht wie bei vernünftigen Erwachsenen beurteilen.

Der Anwalt erwidert: „Bei Erwachsenen könnte man auf Notwehr plädieren."

Er schlägt das Strafgesetzbuch auf. „Hier § 32:

„Notwehr ist die Verteidigung, die erforderlich ist, um einen gegenwärtigen rechtswidrigen Angriff gegen sich oder andere abzuwehren."

Und ich höre dieses im Juristendeutsch formulierte Gesetz das erste mal und denke: „So einfach

ist das! Es soll für mich künftig wegweisend sein."
Er spricht noch über Haftung der Eltern. Und ich
denke nur: Es war Notwehr.

Die Gegenseite erhebt gottlob keine Klage. Mir
fällt ein Stein vom Herzen, vor allem aber meiner
Mutter.

Nach dem folgenden Konfirmandenunterricht
muss ich Pastor Stracke über die anwaltliche Ein-
schätzung berichten. Ich versuche auch, den Not-
wehrparagraphen wiederzugeben. Er aber meint,
wir sind in der Sache schon weiter. Er sagt:

„Ich habe Karlis Mutter und deine Mutter für
morgen Nachmittag zu einem Vermittlungsge-
spräch gebeten. Und ihr beiden Streithähne solltet
mitkommen und euch aussöhnen.

Am nächsten Nachmittag betrete ich mit ech-
tem Herzklopfen das Gemeindehaus. Karli steht
neben seiner Mutter und hat am Kopf eine
schwarze Augenklappe. In mir steigt das Schuldgefühl hoch. Die Begrüßung ist sehr kühl. Pastor Stracke erscheint und schlägt vor, dass wir Jungs im
Vorraum bleiben und dass er mit den Müttern in
sein Arbeitszimmer geht. Die drei Erwachsenen
gehen, ich bleibe mit Karli zurück.

Ich sage geknickt: „Es tut mir sehr leid, ich
wollte das nicht, bestimmt nicht."

Karli wird wütend und ruft: „Du verdammter
Hund, du hast mir mein Auge ausgeschlagen!"

Und der kleinere und auch schwächere Bub
stürzt sich wie wild auf mich, schlägt mit den Fäus-
ten nach mir. Ich versuche ihn abzuhalten, aber
seine Boxschläge treffen mich schmerzhaft am
Brustkorb und an der Nase. Er zischt: „Jetzt schlage

ich dir auch ein Auge aus. Dann sind wir quitt. Auge um Auge!"

Und ich wehre mich nicht. Meine Nase blutet, ich clinche ihn und drücke in fest an mich. Als er mit Boxen nachlässt, halte ich ihn wie einen Bruder in meinen Armen fest.

Jetzt weiß ich, ich brauche nicht mehr Gleiches mit Gleichem zu vergelten. Aber das Schuldbewusstsein bleibt mir ein Leben lang.

Pastor Ernst Stracke war unser Vorbild. 1952 berief man ihn zum Landesjugendpfarrer.

Er hat mich konfirmiert, getraut und war, solange er lebte, mein älterer Freund und echter Seelsorger.

Wirkungsstätte von Pastor Stracke 1945 - 1952;
Schloßkirche Salder

Im April 2000 veröffentlichte
Georg Lalyko die ersten Kurzgeschichten.

Titel:
Braune Ebbe
Rote Flut

Inhalt:
Ein elfjähriger Junge erlebt 1945 den Zusammenbruch des Hitlerregimes und die sowjetische Besetzung. Er lernt Grausamkeit und Mitleid bei Freund und Feind kennen. Verunsichert durch die zerbrochene Moral, versucht er sich gedanklich zurecht zu finden. Seine Mutter und andere Frauen werden ihm zu Leitfiguren für sein weiteres Leben.

Bezug: Books on Demand GmbH
www.bod.de
ISBN 3-8311-0406-9